Monika Pelz
DER TALKER

Österreichischer
Kinder- und
Jugendbuchpreis
1996 | Ehrenliste

Monika Pelz arbeitet als Sozialwissenschaftlerin und freie Schriftstellerin in Wien. Im Verlag Jungbrunnen sind folgende Bücher von Monika Pelz lieferbar:

Anna im anderen Land
Keine Puppen für Samantha
Reif für die Insel
Das Wasser bis zum Hals
Zauber

Monika Pelz

DER TALKER

Jungbrunnen

Einband: Gerhard Haderer

2. Auflage 1996

Druck und Bindung: M. Theiss, 9400 Wolfsberg

Ein überraschendes Wiedersehen

»Das war's dann«, sagte Lilli Lobster. Ein letzter Kontrollblick auf die Zwillinge, die auf den Fernsehapparat starrten und Popcorn in ihre Münder schaufelten.

Und hier ist er: Der Komiker der Woche! hörte Lilli noch, dann drückte sie auf »Aus«. Das Kinderzimmer, das sie beobachtet hatte, verschwand von ihrem Monitor; mitsamt ihren Zwillingsbrüdern, mitsamt dem Fernsehliebling Tony Martin, dem sie so gebannt zusahen.

Konnte das wirklich Tony Martin sein? Gab es den nach so vielen Jahren denn immer noch? Das mußte zehn Jahre – nein, länger her sein, seit sie die MicMac-Show zum ersten Mal im Fernsehen gesehen hatte! Damals war sie ja noch ein Baby gewesen! Bei ihrer ersten Begegnung mit Tony Martin hatte sie bestimmt noch auf dem Töpfchen gesessen!

›Und heute bin ich ein alter Sack, und das Leben ist eine einzige Scheiße‹, dachte die siebzehnjährige Lilli Lobster, Gründerin und Alleininhaberin eines Detektivbüros (»Detektei Lobster, Ihr Spezialist für Privatfahndungen«). Ein Unternehmen, das bis jetzt noch wenig einbrachte, so daß Lilli gezwungen war, durch allerlei Nebengeschäfte Geld zu verdienen. Aber ihre kleinen Brüder beobachten zu müssen, war wohl der absolute Tiefpunkt. Wenn man es hart und brutal formulierte, hatte Mutter sie als Babysitter engagiert. Daß es sich bei diesen »Babies« um ein achtjähriges Doppelmonster handelte, wertete den Auftrag nicht wesentlich auf.

Tiefer kann eine Detektivin nicht sinken! Dazu hatte man einen Kurs besucht!

Auf dem Bildschirm vor ihr dehnte sich das Wunderland des

Werbeblocks. Da wurde ein trauriger Junge wieder fröhlich, weil er sich in einen Hamburger verbiß. Schöne, übermütige Menschen knabberten knackige Snacks. Eine Lady verschlang ein Matjesröllchen und schob einen Kaugummi gegen faulig riechenden Atem nach. Lilli Lobsters Magen knurrte. Sie zappte zum Supermarkt-Kanal, ging in die Abteilung »Lebensmittel und Tiernahrung«, bestellte Corned Beef für sich und drei Sorten Mustasch für ihre Katzen und fragte sich bei der Gelegenheit zum x-ten Mal, ob nicht alle Dosen dieser Welt das gleiche Zeug enthielten. Sah ja eins aus wie das andere: rosa Mampf. Fettfreier Leberaufstrich – vierfachaktive Zahnpasta, alles rosa Mampf.

Das folgende Insert auf dem Bildschirm war Lilli nur allzu vertraut: *Dürfen wir Sie darauf aufmerksam machen, daß Sie Ihr Kundenkonto beträchtlich überzogen haben.* Dann folgte ein ekelhafter Betrag, zu dem sich noch die angelaufenen Überziehungszinsen addierten. Dieser Schuldenberg wuchs und wuchs, ohne daß Lilli Lobster mehr tat, als vor sich hin zu vegetieren. Wie heißt es so schön? »Dein Geld arbeitet von selbst.«

Andere Leute in ihrem Alter kletterten auf der Karriereleiter nach oben, gründeten Software-Firmen, waren Supermodels. Lilli Lobster sah sich schon auf der ersten Sprosse dieser Leiter gestrauchelt.

»Du wirst einmal davon leben, daß du entlaufene Katzen zurückbringst!« Das war der Standard-Spruch im Detektivkurs gewesen. Ausgesprochen witzig! Und was tat die geniale Detektivin Lilli Lobster? Was waren bislang ihre einzigen Aufträge gewesen? Verschwundene Katzen wiederzufinden. Der Über-Gag dabei war klarerweise, daß diese Katzen vorher entführt werden mußten. Wenn man auf Katzen warten wollte, die wirklich entliefen, dann konnte man lange warten. Man mußte die Maunzer also zu sich locken – Baldrianessenz wirkte hier Wunder – einfangen und sich dann, wenn die Suchmeldung über den Hauskanal lief, mit einem ausgeklügelten Inserattext einschalten: *Vermissen Sie jemanden, an dem Ihr Herz hängt? Keine Sorge: Detektei Lobster findet Ihren verlorenen Liebling*. Klang zwar etwas verdächtig, aber es hatte bisher recht gut geklappt. Zumindest ein- oder zweimal hatte es geklappt. Der Rest – insgesamt drei Katzen, für die kein Suchauftrag erteilt worden war – befand sich immer noch in ihrem Büro.

Lilli schaltete die Mittagsnachrichten ein. Erdbeben in Japan, Krieg in irgendeinem -istan, und hierzulande hatte wieder einmal eine Senioren-Disco gebrannt. Und wie immer waren alle Notausgänge versperrt, und der Schlüssel war nicht zu finden gewesen!

›Man könnte meinen, die Veranstalter verbarrikadieren die Notausgänge absichtlich‹, dachte Lilli mit berufsmäßigem Mißtrauen.

Der Türsummer summte, Lilli öffnete die Schleuse und ließ den Versorgungsnachschub hereinrollen, um dann sogleich wieder die Luken dicht zu machen.

›Sorry, kein Trinkgeld, Sir!‹

Mimsy und Lujo und Nada miauten heftig, rieben die Köpfe an Lillis Beinen und zogen ihre bewährte Show ab: Lilli, wir lieben dich mächtig! Bis endlich ihre Näpfe gefüllt waren und alles schmatzte.

Glücklicherweise hatte von Anfang an die Chemie zwischen ihnen gestimmt! Lujo war ein echter Tom-Kater: grau-schwarz gestreift, mit weißem Kinn – unwiderstehlich! Nada eine zarte Pusteblume-Perserkatze mit goldenen Augen und Mimsy eine Pantheresse: katzgewordene Sinnlichkeit und Leidenschaft.

Den früheren Besitzern gegenüber empfand Lilli keine Schuld-

gefühle. Jemand, der seine Katze nicht sofort über alle Kanäle und Zeitungen sucht und Zettel an alle Zäune heftet, kann sie wohl nicht geliebt haben.
So bereichernd Lujo, Mimsy und Nada in dieser und jener Hinsicht waren, als Erwerbsstrategie war der Katzenklau nicht ausbaufähig, das wußte Lilli nun. Das Risiko, auf einer weiteren Mieze gleichsam sitzen zu bleiben, war zu hoch. Noch eine würde das Haushaltsbudget nicht verkraften. Außerdem wurden allmählich die Vokale knapp! Bekanntlich muß bei mehreren Katzen im Haushalt jeder Rufname von einem anderen Selbstlaut dominiert werden. A, I und U waren schon vergeben, eine vierte Katze müßte womöglich Pepe heißen, Ebenezer oder Esmé.
›Kein Catnapping mehr, Lilli Lobster! Sonst reicht's nicht mehr für dein eigenes Futter!‹
Während Lilli sich über ihren Beef-Riegel hermachte (rosa Mampf), überfielen sie düsterste Gedanken: ›Und dafür ist nun wieder ein Rind in der Dritten Welt gestorben! Vorher hat es eine Mega-Menge Gras wiedergekäut – auf Kosten des Regenwaldes klarerweise – und dazu beigetragen, das globale Klima zu verändern. Kein Wunder, daß die Kriminalitätsrate überall steigt, wenn dic Sintflut auf uns lauert! Aber warum kriege ich dann keine Aufträge?
Das ist wieder einer dieser Tage, die dich fix und fertig machen! Ich glaube, ich werde depressiv. Mein Generator muß dringend aufgeladen werden. Wie die böse Ost-Hexe sagt: Ich schwinde! Ich schwinde! So tut doch was –
Ich glaube, was ich jetzt brauche, ist ein Gespräch mit Tabea.‹
Nachdem Lilli ihr einfaches, wenn auch unausgewogenes Mahl beendet hatte, steckte sie einen Kaugummi gegen Bakterienentfaltung in den Mund, stopfte sich ein Kissen in den Rücken, ließ Lujo auf ihren Schoß springen und schaltete auf

Kanal 412: *Tabea Sonnenschein freut sich, Ihnen raten und helfen zu können. Bitte haben Sie ein wenig Geduld, im Augenblick sind alle Leitungen besetzt.* Sofort war Lilli schwerstens frustriert, vor Enttäuschung schossen ihr Tränen in die Augen. Sie fühlte, daß ihr Generator sie nur noch mit Null-Kraft versorgte. Irgendwo im Butterfach des Eisschranks mußte eine Glückspille sein. Aber der Eisschrank funktionierte schon seit Jahrhunderten nicht mehr, und wahrscheinlich war die Glückspille nicht mehr wirksam oder machte unglücklich, wenn man sie einwarf.
›Nein, ein Gespräch von Mensch zu Mensch ist es, das mir jetzt fehlt. Rat und Zuspruch! Kosmischer Drive!‹

Eigentlich wäre eine Freundin oder Mutter für solche Tröstungen zuständig gewesen. Aber Lilli Lobster hatte dank ihrer völlig zurückgezogenen Lebensweise keine Freundin. Und seit Mutter sich zur Familientherapeutin aus- und weiterbildete, nahmen alle Gespräche mit ihr einen trostlosen Verlauf. So wie der Talk von gestern:
»Du hast ein Problem, Lilli?«
»Ich brauche dringend Geld, Mama!«
Mutters Gesicht lächelte mild vom Bildschirm. »Was ist mit der Familienbeihilfe, die dein Vater dir gibt?«
»Längst verbraucht. Manchmal denke ich, bei einer Halbwaisenrente würde mehr herausschauen!«
Immer noch lächelnd, aber mit leisem Tadel in der Stimme wies Mutter sie zurecht: »Sei froh, daß du einen Vater hast!«
›Wer redet vom Vater?‹ dachte Lilli.
»Also gut«, fuhr Mutter in sachlichem Therapeutinnen-Tonfall fort, »ich will dich jetzt nicht daran erinnern, daß es deine Idee war, die gesamte Erbschaft deiner Großmutter in eine hirnverbrannte Unternehmung zu stecken, von der jeder weiß,

daß man mit so etwas sofort pleite geht. Ich werde nicht wiederholen, was ich Dir damals gesagt habe, daß nämlich jede zweite Schulabbrecherin heutzutage ein Detektivbüro gründet und somit dieser Markt ziemlich ausgereizt ist. Du hast ja nicht einmal eine Lizenz gekriegt, oder? Ich will dir nicht unterstellen, daß du deine Dummheiten nur begehst, um mich zu ärgern und mir schlaflose Nächte zu bereiten. Nein, alles, was ich dazu sage, ist: Du hast ein Problem, und keiner trägt Schuld daran, weder du noch ich, noch die Gesellschaft. Dieses Problem bildet sein eigenes System, das Problemsystem, und es besteht aus Einstellungsmustern und eingefahrenen Denkstrukturen –«

»Kannst du mir Geld geben oder nicht, Mama?« unterbrach Lilli. »Ich bin pleite, meine Socken haben Riesen-Löcher, und die Katzen hungern.«

Das hübsche Gesicht ihrer Mutter blieb gefaßt und still. »Gut. Es gibt Cash für dich, wenn du mir morgen drei Stunden auf die Zwillinge aufpaßt, das Kindermädchen hat einen Todesfall in der Familie.«

»Aber ich verlasse doch diese vier Wände nicht, Mama, und das weißt du! Wenn ich auf die Straße gehe, kriege ich regelmäßig einen Angstanfall.«

»Ich denke, es reicht völlig, wenn du dich bei uns einschaltest und Boris und Meadows auf dem Monitor beobachtest. Einfacher Job. Müßtest du eigentlich schaffen. Und wenn du möchtest, kannst du währenddessen sogar die Riesen-Löcher in deinen Socken stopfen!«

Wie immer war es Mutter gelungen, das Gespräch mit einer sarkastischen Bemerkung abzuschließen.

Lilli wurde aus ihren unerfreulichen Erinnerungen gerissen, als sie zu Tabea Sonnenschein durchkam und sich endlich bei der

Kummertante ausweinen durfte: »Haben Sie jemals von einer Detektivin gehört, die stundenlang zwei Achtjährige observieren muß, Tabea? Übergewichtige Monster, die die ganze Zeit nichts tun als futtern, Kinderfernsehen gucken, in der Nase bohren und sich den Schniedelwutz kratzen? Na gut, ich sage mir: Lilli, nimm es sportlich. Ich mache Notizen, protokolliere alles, was soll ich denn sonst tun? Wenn ich pädagogisch auf meine Brüder einwirken will, zeigen sie mir den garstigen Finger oder was Schlimmeres. Knallen kann ich ihnen keine, weil ich mich nicht hinbeamen kann.«

Das muß Sie alles sehr deprimieren, liebe Lilli, sagte Tabea Sonnenschein mitfühlend.

»Boris und Meadows deprimieren mich so sehr, daß ich immer eine Woche brauche, bis ich die Vorstellung von ihnen wieder aus meinem System rauskriege! Ich meine, heutzutage geht jeder auf unsere verfurzten Oldies los, aber wenn diese Kinder die Zukunft der Menschheit sein sollen, dann Gnade!«

Sie sollten vielleicht versuchen, positive Gedanken zu entwickeln, Lilli.

»Ich könnte meinen Vater bitten, mir mehr Geld zu geben, aber er ist auch ein Teil meines Problemsystems.«

Ja, dann scheint das keine gute Idee zu sein. Vielleicht hilft es, wenn Sie Ihr Problemsystem für eine Weile vergessen, Lilli? Knipsen Sie es einfach aus – sagen wir für eine Stunde – und denken Sie an etwas Nettes, etwas Schönes – eine Wiese an einem Sommertag – ein Tanz auf dem Eis. Es gibt doch sicherlich etwas Nettes und Schönes in ihrer Erinnerung!

»Na gut, ich werde es versuchen«, sagte Lilli skeptisch, »vielen Dank, Tabea.«

Lilli dachte an Tabeas saftiges Honorar, das dazu beitrug, den Berg ihrer Schulden wachsen zu lassen. Aber ohne Tabea Sonnenschein konnte sie sich gleich erschießen.

›Dabei habe ich nicht einmal eine Waffe! Will man den Medien Glauben schenken, so hat jeder Mensch in dieser Furz-Stadt eine Kanone, bloß ich hab' keine! Ich müßte hinausgehen auf die Straße und mich von irgendwelchen schießgeilen Rowdies abknallen lassen. Und womöglich sind die so stoned und zugedröhnt, daß sie mich gar nicht richtig treffen! Und was wird dann aus Mimsy und Lujo und Nada?
Ich muß vorher ein Testament aufsetzen, in dem ich die Katzen Stella vermache. Nein, nicht Stella, der bleibt immer gleich drei Tage fort, wenn er weggeht. Und er lebt viel zu gefährlich, da wären sie in Null Komma nix wieder Waisen!
Ich hinterlasse die Katzen Dodo! Dodo ist brav und vernünftig. Dodo würde niemals etwas riskieren. Dodo ist der ultimative Traum jeder Lebensversicherung, weil er sich praktisch nicht vom Fleck rührt. Hoffentlich ist er nicht allergisch gegen Katzen ...‹
Lilli switchte zu einem billigeren Kanal. Für Zwanzig die Stunde war man dabei. Hier gab es Werbung für Mundspülmittel und Weinbrand. (»Je öfter, desto unverzichtbarer!«). Es folgten wunderbare Verheißungen im Zusammenhang mit Rheumasalben und Sicherheitsschlössern. Igitt, das war ein Sender für Oldies, Adressaten von Inkontinenzprodukten und Collega-Tabs!
Lilli wechselte zum Hörfunk. Audio war immer noch am preisgünstigsten. Ein A-capella-Chor sang den Kaiserwalzer. Lujos Schwanz begann hin und her zu peitschen. Auf dem nächsten Kanal Dancefloor, die Bässe wummerten, Lujo suchte das Weite. Die Katzen kratzten an der Wand und wollten zur Schleuse hinaus. Aus Tierliebe ließ Lilli Stille walten und schickte eine Rechnung für drei Stunden Babysitten an ihre Mutter. Dann jagte sie ihren täglichen Spendenaufruf durch den gebührenfreien Hauskanal: *Vergeßt die Tiere nicht! Kat-*

zenasyl bittet um Überweisungen. Dazu ein ergreifendes Video von Nada, Mimsy und Lujo, als sie noch nicht so vollgefressen ausgesehen hatten. Eine göttliche Zentralgewalt über allen Kanälen würde vermutlich überzuckern, daß dieser Spendenaufruf vom gleichen Anschluß erfolgte wie die Werbung für »Lilli Lobsters Detektei«. Aber das mußte man eben riskieren, außerdem war Lilli Atheistin und glaubte nicht an eine göttliche Zentralgewalt über allen Kanälen.

An etwas Nettes und Schönes denken. Leicht gesagt! In ihrer schärfsten Erinnerung hing Lilli in einem Traggestell am Rücken ihrer Mutter kopfüber in einer Gletscherspalte. Lieber gab sie sich angenehmen Gedanken an die Zukunft hin und träumte davon, reich und berühmt zu werden.

Eine Kultfigur wie Nero Wolfe wollte sie werden. Ein Star unter den Detektiven, der Werbung nicht mehr nötig hatte. Und was das Beste war: Nero Wolfe mußte praktisch niemals sein Haus verlassen. Im alten Sandsteinhaus in der 35. Straße hatte er alles, was er brauchte, inklusive Meisterkoch.

Ein eigenes Haus wäre super! Stella, Lillis Special Agent und Schutzengel, könnte dann bei ihr wohnen und sie rund um die Uhr beschützen. Lilli würde ihm die beiden ersten Etagen überlassen. Ein Stockwerk reichte nämlich nicht, um all seine begehbaren Kleiderschränke zu fassen. Stella Walruski besaß mindestens drei oder vier Dutzend Traumkleider – Accessoires gar nicht gerechnet. Und dann brauchte Stella wohl noch eine extra-große Garage für seine Schlitten; wenn sie es richtig überblickte, so fuhr ihr Schutzengel und Special Agent zur Zeit einen Buick, einen Thunderbird, eine Chevrolet Corvette und einen Lincoln.

Daniel Dodo, der natürlich ebenfalls bei ihnen wohnen würde, benötigte zum Glück nur eine Computerstation mit ausreichender Speicherkapazität; die könnten sie im zweiten Stock

installieren. Der Rest des Hauses und das Dachgeschoß gehörten dann ihr und ihren Katzen. Es wäre das Ultimative! Bloß der Schweizer Fünfhauben-Koch würde hin und wieder in eine Sinnkrise geraten, weil Dodo sich von Fritten und Cola ernährte und für die Haute Cuisine kein Organ hatte.
In Gedanken beschwichtigte Lilli Lobster den gekränkten Maitre:
»Lassen Sie nur, Urs, Mr. Dodo braucht all diese Glykose – oder ist es Dextrose? –, damit sein Gehirn besser arbeitet!«
Während sie sich mit dem Koch auseinandersetzte, nahm Stella einen Anruf entgegen. Der Sekretär von Rufus Meredith, dem Medienzaren, war an der Leitung. »Bin ich mit der Detektei Lilli Lobster verbunden?«
»Hier ist Stella Walruski, Lilli Lobsters Sekretär, Spezial-Agent und Schutzengel, was kann ich für Sie tun?«
»Ich will lieber mit der Chefin persönlich sprechen, Süßer.«
Stella lächelte hinreißend, blieb aber in der Sache hart: »Tut mir leid, die Chefin erteilt gerade dem Koch Anweisungen für das heutige Menü. Anschließend, zwischen elf und halb eins, wird sie sich ihren Katzen widmen. Da darf man sie schon gar nicht stören –«
»Wir haben einen Auftrag für Lilli Lobster. Ein ganz dickes Ding, und Mister Meredith ist bereit, sich die Sache eine Menge Geld kosten zu lassen.-«
»Also gut, schießen Sie schon los«, sagte Stella...

Lilli Lobster lächelte träumerisch, die düsteren Gedanken waren abgezogen, ihr Puls schlug ruhig und langsam, als es plötzlich ploppte und krachte und zischte, und alles Licht um sie herum erlosch. Ihr Puls war sofort wieder auf Hundertachtzig. »Aaarrrhhh!« knurrte Lilli und verfluchte den Tag, an dem sie dieses »Büro, in dem alles drinnen ist« gemietet hatte.

Der wievielte Kurzschluß war das in dieser Woche?
›Muß die Kaffeemaschine sein, die war darauf programmiert, sich täglich um fünf Uhr einzuschalten. Vergangenheitsform, wohlgemerkt!‹
Na gut, jetzt konnte man also auch die Kaffeemaschine vergessen! Erst war der Mikroherd eingegangen, dann das Faxgerät, dann der Kopierer – der Eisschrank...
Wenn es den Schutzengel freute, und er schwebte bei ihr herein, dann flickte und lötete er die Wunden in ihrer Infrastruktur notdürftig, baute Sicherungen, By-Passes und Ersatzteile ein, so daß es wenigstens nicht zu Überschwemmungen oder Schwelbränden kam; doch retten konnte selbst ein Engel bei diesen uralten Installationen nichts mehr. Und jetzt auch noch die Kaffeemaschine!
Lilli Lobster hatte Büroräumlichkeiten übernommen, in denen fast alles defekt war, nach und nach zusammenbrach und den Geist aufgab.
›Noch ein Glück, daß der Computer seinen sicheren Saft hat! Sonst: Gute Nacht, Detektei, und Untergang des Lilli Lobsterschen Universums!‹
Nachdem ihre Augen sich an die Dunkelheit gewöhnt hatten und sie nicht mehr fürchten mußte, über eine Katze zu stolpern, tappte Lilli zum Sicherungskasten und legte die Hebel um. Es wurde Licht, doch Lillis Stimmung hatte sich wieder verdunkelt.
Sie versuchte Stellas Funktelefon. Keine Chance. Offenbar war der Engel in einer hermetischen Zone unterwegs, rockte und ravte in einem stillgelegten Bergwerk oder sonst einem Höhlensystem, die zur Zeit so mega-hip waren. Lilli schickte eine Suchanzeige nach Stella ins All. Teuer, teuer! Aber sie brauchte ihn, ehe womöglich demnächst ihr ganzes Büro in die Luft flog.

»An Schutzengel Stella, Hilfe! Deine Lilli (O du lieber Augustin) Lobster.« Danach fühlte sie sich ein bißchen besser. Ohne darüber nachzudenken, was sie tat, und warum sie es tat, suchte Lilli die Kinderkanäle ab. Sie wurde fündig und geriet mitten in eine MicMac-Show mit Tony Martin.
Vorhin, als sie blickmäßig bei den Zwillingen weilte, war es ihr nicht so aufgefallen, aber die gute alte Tony Martin-Show war ein Riesen-Ding geworden. Hunderte Kids im Studio, Monitoren überall, damit jeder Tony Martin ganz groß und aus der Nähe sehen konnte. Der Talker selbst war ober-cool, als er sich allseits für den Applaus bedankte. *Lausiger Tag heute!* sagte er heiter.
Die Kids legten sofort los und brüllten begeistert: *Ein absolut grausiger lausiger Tag!*
Tony Martin schüttelte den Kopf, so als sei er ganz verblüfft darüber, wie absolut grausig lausig dieser Tag war.
Und Lilli Lobster zu Hause vor dem Bildschirm tat einen tiefen Atemzug.
Der Talker blinzelte in die Kamera. *He Fan! Ist das für dich nicht auch ein – äh – äh –*
Lilli mußte kichern und drückte automatisch auf die Beifalltaste. *Okey dokey.*
Äh – äh – komm schon, Fan! half der Talker, *Spuck es aus: ein ab – so –*
lut – grau – si – ger – , brüllten die Kids im Studio,
»Lau – si – ger Tag!« schrie Lilli.
Tony Martin lächelte strahlend.
Wärme erfüllte Lilli Lobster. Dies mochte zwar Kinderkram sein, aber irgendwie fand sie Tony Martin immer noch super.
Es folgte der übliche Quiz, bei dem zwei Teams gegeneinander antraten.
Lillis Gedanken irrten ab – zu Lujos Ohren, die geputzt gehör-

ten – zur Tierarztrechnung, und wie sie deren Bezahlung umgehen konnte. Am besten wäre zu behaupten, mit Mimsys und Nadas Sterilisation hätte etwas nicht geklappt, und zum Beweis eine Handvoll neugeborene Kätzchen zu präsentieren, aber woher nehmen und nicht stehlen?

Als Lilli »*Preisfrage*« hörte, kehrte ihre volle Aufmerksamkeit zur Sendung zurück. Tony Martin stellte die Tausender-Frage der MicMac-Show, bei der auch die Zuschauer an den Bildschirmen mitmachen konnten.

Aufgepaßt, Eierköpfe, Intelligenzbestien, Wunderwuzzis und Superhirne –

Lilli aktivierte die Dialog-Leitung. Vielleicht gewann sie ja den Preis und konnte dann vortäuschen, sie wäre erst zehn?

Also – hört genau zu und laßt eure Ganglien rotieren: Unsere heutige Preisfrage ist: Was haben die Biene, die Rose und das Schwein?

Lilli überlegte blitzschnell und tippte ein: »Stacheln«. Die Kids im Studio dachten mehrheitlich noch nach.

Na, das ist ja nicht so schwer! Gleich kommt der galaktische Kick, und es macht bei euch Klick, säuselte der Talker. *Nochmals: Was haben die Biene, die Rose und das Schwein?* Und wieder ein verschwörerisches Blinzeln in Richtung Kamera. He Fan, ich weiß, du hast es längst erraten!

Dieser Blick in die Kamera war Tony Martins spezieller Trick, sein galaktischer Kick.

›Du hast es drauf, Tony!‹ dachte Lilli. Und wieder drückte sie Beifall: *Okey, dokey!*

Die Ratezeit lief ab. Trommelwirbel. Tony Martin griff in die Luft und zauberte aus dem Nichts eine Rose. Stürmischer Beifall. Er deutete auf eine Stelle in der Zuschauermenge, die Kamera schwenkte mit und verweilte schließlich auf einem bizarren Tier: ein Stachelschwein. Applaus, Applaus.

Die Kamera ging auf Totale. Aus dem Hintergrund der Studio-Arena löste sich eine kleine Wolke, wurde zum summenden, brummenden Schwarm gelb-schwarzer Riesen-Bienen, und zog über die Köpfe der Zuschauer hinweg. Die Kids trampelten begeistert und streckten die Fäuste in die Luft. *Sta-cheln! Sta-cheln! Sta-cheln!* schrien sie hysterisch.
Es war nun beinahe zu viel Getöse, fand Lilli. Aber als sie den Ton leiser stellen wollte, wurde es auf einmal ganz still. Das Licht der Scheinwerfer verglomm, alles versank im Dunkeln, nur der Talker blieb zu sehen. Tony Martin sang. Früher hatte er nicht gesungen und nicht gezaubert, doch ohne all das ging es wohl heute nicht.
Seine Stimme war ein bißchen heiser, als hätte er vergessen, sich zu räuspern. Ein bißchen unsicher, so als würde er im nächsten Moment abbrechen, verlegen lachen und sagen: War ein Versuch, Leute!
In der tiefsten Nacht und Dunkelheit
Wenn man nur Schatten sieht
Liegst du ganz allein, du findest keinen Schlaf
und bist doch schon so müd.
Dann kommt der Lalilale-Mann,
und er singt für dich ein Lied.
Es geht: Lalilalelalilale-Lalilalelaluuh

Gebannt starrte Lilli auf den Bildschirm. Shit und Double Shit, das war nicht Unsicherheit und nicht Heiserkeit, es war die perfekte Performance! Tony Martin, eben noch rank und schlank und schlaksig wie ein junger Hund, war vor Lillis Augen zusammengesunken und geschrumpft, hatte sich unversehens in einen krummen alten Mann verwandelt. Und hinter dem schiefen Lächeln dieses Alten flackerte etwas wie ein böser Schatten: der Schatten des Kinderfängers. Schwarzer Mann

– Butzemann – Lalilale-Mann – Namen für einen Schrecken, der so alt ist wie die Menschheit. Alle Kinder wissen vom bösen alten Mann, er geistert durch ihre Lieder und durch ihre Spiele.

Die mitsummenden Kids wurden leiser, verstummten, die Musik brach ab. Scheinwerfer flammten auf. Tatarataa – der Talker war wieder ein strahlender junger Mann. *Yeaahh.*

Die Kamera hatte ihn groß im Bild, Tony Martin mischte Bedeutung in sein Lächeln und sagte: *Vorhut heißt, vorne sein. Vorhut heißt aber auch, immer auf der Hut sein. Wenn ihr jemals dem Lalilale-Mann begegnet, dann werdet ihr ihn sofort erkennen. Ihr wißt ja: Wenn ein böser Mensch euch etwas antun will, dann funkt ihr 666, den Kinder-Hilfruf.*

Das klang recht vernünftig, fand Lilli, konnte aber auch leicht zu Mißbrauch führen. Wenn man es recht überlegte, so lud es zu Mißbrauch förmlich ein.

›Na prächtig‹, dachte Lilli, ›ich knalle Boris eine, und schon wird der Kinder-Hilfruf mobilisiert‹.

Etwas beschäftigte sie, während der Abspann lief und das Lächeln des Talkers erstarrte: Wie war es Tony Martin nur gelungen, so jung zu bleiben? Wenn ihre Rechnung stimmte, mußte er heute schon Mitte Dreißig sein. Aber er sah viel viel jünger aus.

Na gut, da hatte wohl der Schönheitschirurg herumgeschnipselt! Nur – es war einfach zu perfekt. Der Chirurg konnte die Gesichter glätten und straffen, aber er machte sie nicht wirklich jung. Man merkte es ja an all den Lifting-Mumien! Nein, dieses Gesicht, das sie vor sich hatte, war keinen Tag älter als Zwanzig!

Noch während die Signation der Sendung verklang, begann ein seltsamer doch unabweisbarer Verdacht in Lilli Lobster zu keimen: Der Talker, den sie soeben gesehen hatte, war gar nicht

Tony Martin. Nicht der Tony Martin zumindest, der vor ihren Kulleraugen seine Späßchen getrieben hatte, als sie drei Jahre alt war und auf dem Töpfchen saß. Der wirkliche T.M. war klarerweise gealtert und längst ausgetauscht worden. Er durfte jetzt zusehen, wie ein Jüngerer seine Rolle spielte. Jemand, der ihm täuschend ähnlich sah, der seinen Namen angenommen hatte, seine Witze machte und all das schöne Geld kassierte. Und vielleicht war vor dem Typen, den sie heute gesehen hatte, schon ein anderer Typ »Tony Martin« gewesen, vielleicht würde in ein, zwei Jahren wieder ein anderer diese Rolle übernehmen.

Was war wohl aus dem armen alten echten Tony geworden?

›Was soll schon aus ihm geworden sein! Vermutlich muß er sich verstecken, muß unter einem anderen Namen leben, darf bei Konventionalstrafe keinem erzählen, daß der Superstar Tony Martin längst ein anderer ist. Was für ein Gefühl muß es sein, wenn man bei lebendigem Leib begraben ist?‹

Und schon begann neben dem kaum ausgereiften Verdacht das Pflänzchen eines weiteren Einfalls zu sprießen: Sie, Lilli Lobster, würde den echten alten Tony Martin aufspüren und eine Story aus seinem Leben machen. Eine Story, so packend, so ergreifend, daß »Tragische Schicksale« Unsummen dafür bezahlten.

Es konnte natürlich gefährlich werden, dies alles aufzudecken. Die Produzenten der MicMac-Show hatten sicher großes Interesse daran, daß die Kids an die Echtheit und Einmaligkeit des Talkers glaubten. Doch wozu war man geprüfte Detektivin? Wenn auch noch nicht sehr geübt, so doch geschult in verdeckten Ermittlungen?

›Ich bin es Tony schuldig‹, dachte Lilli Lobster. ›Er hat mich auf die Idee gebracht, Detektivin zu werden, jetzt weiß ich es. Er hat mein ganzes Leben beeinflußt. Er hat meine Kindheit mit

Freude erfüllt. Ich bin es T.M. schuldig, daß er dem Grab entrissen wird.‹

Dieser Fall‹, dachte sie schließlich, ›wird mich berühmt machen‹.

Rätsel

Später wurde Lilli von Zweifeln befallen. Tony Martin, der Fernsehstar ihrer Kindertage, hatte sicherlich anders ausgesehen! Er war durch jemanden abgelöst worden, der nicht mehr als eine gewisse Ähnlichkeit mit ihm aufwies. So wie es bei Serien-Rollen oft ist: Die zarte blonde Patsy wird von heute auf morgen von einer anderen blutleeren Blondine gespielt, der dicke, gemütliche Pa Ryder wird von einem anderen grinsenden Fettsack dargestellt. Vermutlich gab es nur eine schwache Ähnlichkeit zwischen Einst-Tony und Jetzt-Tony. Konnte sie sich denn so genau erinnern, wie der Ur-Tony ausgesehen hatte? Sie konnte es nicht. Dann fielen Lilly Lobster die Bücher ein. Tony Martin hatte ja auch jede Menge Kinderbücher geschrieben – Abenteuer, Krimis, diese Art Lesefutter. Und auf dem Umschlag jedes Buches war sein Foto abgedruckt. Lilli selbst hatte T.M.-Krimis besessen. Irgendwann waren die Bücher, zusammen mit ihrem Spielzeug, in den Abstellraum gewandert. Und dort mußten sie heute noch sein. Falls Mutter sie nicht weggegeben oder den Zwillingen zum Fraß vorgeworfen hatte. Letzteres war jedoch unwahrscheinlich, da Boris und Meadows sich weigerten zu lesen; es sei denn, die Schrift leuchtete von einem Bildschirm. Die Joystick Generation eben!

Luise Lobster hatte eine widerspenstige Klientin vor sich. Frau Langhals wollte nichts wissen von moderner Familientherapie und davon, daß sie ihre Einstellungsmuster und Denkweisen hinterfragen sollte. Sie behauptete, daß ihr Sohn sie belauerte. »Es ist nicht auszuhalten, und ich möchte das raschest abstellen!« Ihr Sohn war zwölf und hieß Harry.

»Was sagt Harry denn, wenn Sie zu ihm über ihre Eindrücke sprechen?«

»Es sind keine Eindrücke! Harry beobachtet jeden meiner Schritte und macht sich Notizen. Oder glauben Sie, daß ich spinne?«

»Haben Sie Harry denn schon einmal gesagt, wie Sie sich fühlen, wenn Sie den Eindruck haben –«

»Hören Sie überhaupt zu, wenn ich mit Ihnen rede?! Es geht hier nicht um meine Eindrücke und auch nicht um meine Gefühle, sondern darum, wie mein Sohn sich aufführt. Harry belauert mich, und ich will wissen, was ich dagegen unternehmen kann!«

An diesem Punkt, fand Luise Lobster, war es gut, eine Pause im therapeutischen Gespräch einzulegen, damit die Erregung der Klientin – und ihr eigener Ärger – abklingen konnte. Das Videofon signalisierte schon seit einer geraumen Weile einen Anruf ihrer Tochter, den sie jetzt entgegennahm.

»Heute brauche ich keinen Babysitter, danke!« ätzte Luise Lobster, ehe Lilli auch nur »Pieps« sagen konnte. Sie wußte, es war nicht gut, ein Gespräch mit einer negativen Feststellung einzuleiten, aber ihre Tochter rief leider immer große Gereiztheit bei ihr hervor. Wenn Luise Lobster ehrlich zu sich war, so hatte sie ein Problem mit Lilli. Sie hielt ihre eigene Tochter irgendwie nicht aus.

»Ich hätte gern einen von meinen alten Tony Martin-Krimis. Sie müssen irgendwo unter meinen Spielsachen sein. Kannst du mir so ein Buch schicken, Mama? Ich brauche es ziemlich rasch.«

»Nein«, sagte Luise Lobster nicht ohne Genugtuung.

»Bitte, Mama! Einfach irgendeines von den Tony Martin-Büchern. ›Terror auf der Tenne‹ oder ›Der unheimliche Uhu im Uhrturm‹.«

»Du denkst jetzt vielleicht, ich sage nein, weil ich dir den Gefallen nicht tun will. Aber ich finde, du hast da ein gewaltiges Problem, wenn du glaubst, du kannst dein ganzes Leben in dieser Bruchbude verbringen und niemals hinausgehen.«
»Manchmal gehe ich ja hinaus, Mama! Bei ganz ganz wichtigen Sachen bleibt mir gar nichts anderes übrig!« Lilli dachte an die Katzen-Entführungen.
»Gut, schön, wenn dir dieses Buch ebenfalls ganz wichtig ist, dann wirst du dich gefälligst hierherbemühen und es dir selbst heraussuchen.«
»Aber du brauchst es doch nur mit der Post zu schicken, Mama! So wie ich nur einen Fuß auf die Straße setze, werde ich um Geld angelabert, jemand fällt mich mit einer verseuchten Spritze an, oder irgendwelche Sektenfreaks umzingeln mich und wollen mich bekehren!«
»Das ist doch alles nur in deiner Phantasie!«
Von den vielen Sprüchen ihrer Mutter haßte Lilli diesen am meisten. Mit ›Das ist doch alles nur in deiner Phantasie‹ verwandelte Mutter die mannigfaltigen Schrecken der Kindheit in pure Einbildungen.
»Also gut, dann nicht«, sagte Lilli Lobster böse und unterbrach die Verbindung.

Endlich meldete Stella sich. In den Tunnels einer aufgelassenen Gebirgsbahn hatte man drei Tage und drei Nächte gefeiert. »Was für ein Groove! Vow! Hundertdreißig Beats die Minute! Ich bin immer noch voll in Trance, Lillilein! Ich leuchte! Und ich sehe überall Nordlichter!«
»Meinst du, daß du mich trotzdem wohin fahren kannst? Ich müßte was aus meiner früheren Wohnung holen.«
»Warum denn nicht? Es ist ein ganz fantastisches Gefühl, wenn man immerzu auf Nordlichter zufährt!«

Stella Walruski liebte Spazierfahrten, liebte sie genauso bedingungslos, wie Lilli sie verabscheute. Lilli haßte die zertrümmerten Straßen und Plätze, den Dreck und die Trostlosigkeit. Ihr graute vor den Verwahrlosten, die im Müll herumstocherten, vor den Zugedröhnten die sich mitten im Verkehr aufs Ohr legten. Ihr Herz setzte aus, sobald irgendwelche Typen ihr den Weg versperrten. Wenn Lilli Lobster ihr schützendes Schneckenhaus verließ, dann war es für sie jedesmal, als müßte sie in den Krieg ziehen.

Für Stella dagegen war jede Ausfahrt so angenehm prickelnd wie ein Gang über den Laufsteg. Weshalb er auch grundsätzlich mit offenem Verdeck fuhr. Stella war einen Meter neunzig und durchtrainiert. Es war ausgesprochen günstig für ihn, groß und durchtrainiert zu sein, weil er sich am liebsten in sogenannten »Cocktail-Kleidern« zeigte: Paillettenbesetzte Korsagen, weite bauschige Röcke aus Tüll und Seidentaft, Federboas, Haargestecke und Riemchensandalen. Stella machte es glücklich, mit seiner Erscheinung Aufsehen zu erregen. Und selbst jene Fieslinge, die »Schwulensau!« hinter ihm her brüllten, verdrückten sich rasch, wenn Stella anhielt, sich aus dem Wagen schälte und einen genaueren Blick auf seinen gestählten Körper gewährte. Es gab auch bewundernde Pfiffe. So oder so, Stella Walruski – der eigentlich auf den Namen Stanislaus getauft war – genoß seine Auftritte. Er fuhr alte, zuckerstangenfarbene Limousinen mit auffrisierten Motoren und nahm auf Verkehrsregeln und Geschwindigkeitsbegrenzungen ebensowenig Rücksicht wie auf Moden und Bekleidungsvorschriften.

Nie würde Lilli ihre erste Begegnung vergessen. Damals hatten zwei verdächtige Gestalten sich an ihre Fersen geheftet. Erst hielt sie sie für Polizisten in Zivil. Die Polizei, so dachte sie in jähem Schrecken, hatte herausgefunden, daß drei gekidnappte Katzen sich in ihrer Gewalt befanden.

Dann kam Lilli der Gedanke, daß es sich bei ihren Verfolgern um Organräuber handeln mußte: Mörder mit medizinischer Grundausbildung, die sie in einem finsteren Haustor umlegten, um ihre Nieren, ihre Leber oder ihr Herz an sich zu reißen. Schon hatte Lilli vor lauter Angst zu rennen begonnen. Was man – wie sie wußte – niemals tun sollte, weil man dadurch die Killergelüste des anderen nur noch mehr anstachelt. Aber Lilli war vollends in Panik geraten. In Windeseile legte sie eine Reihe von Gelübden ab – Vegetarierin werden, Rechnungen abstottern –, die sie erfüllen wollte, falls sie aus dieser Lage lebendig herauskäme.
Kaum hatte sie alles mögliche gelobt, als aus einer Quergasse ein riesiger Wagen glitt – blitzartig und lautlos wie der weiße Hai. Lilli erhielt einen mächtigen Stoß und trudelte in eine dunkle Tiefe. Das nächste, was sie sah, war Stella Walruski, der auf dem Pflaster kniete und sich besorgt über sie beugte. Zartrosa Reiherfedern wippten in seinen blonden Locken, schneeiger Marabu-Flaum umspielte seine Schultern. Und Lilli Lobster wunderte sich sehr, daß sie in den Himmel gekommen war. Und daß die Engel in diesem Himmel gekleidet waren wie Filmstars der Fünfzigerjahre.
Auch als sich herausstellte, daß der Engel nichts weiter war als ein junger Mann mit einer Schwäche für Verkleidungen – für Lilli blieb immer etwas Himmelsstaub an Stella haften. Noch dazu, als er sie bat, als Entschädigung für den Schrecken seine Dienste auf Lebenszeit anzunehmen. Stella wurde Lillis Special Agent und Gelegenheits-Chauffeur. An seine bedenkenlose Fahrweise gewöhnte sie sich nie so recht; doch obwohl Lilli stöhnte und jammerte, wenn Stella gegen die Einbahn fuhr oder bei Rot über eine Kreuzung brauste – im Grunde vertraute sie ihm blind. An Stellas Seite, das wußte Lilli, war sie geborgen und sicher wie in Abrahams Schoß.

Natürlich verliebte sie sich auch in ihn, heftig und hoffnungsvoll. Doch wie es sich für einen Schutzengel gehört, waren Stellas Gefühle für Lilli herzlich, aber rein freundschaftlich. Er ließ sich auch niemals dazu überreden, ihr zuliebe Jeans anzuziehen, nicht einmal zum Spaß.

Lilli und Stella flitzten im Kabrio durch schmutzige, heruntergekommene Stadtviertel. Die Adresse war eingespeichert, und über Monitor erhielten sie Anweisungen vom Navigations-Computer, wie sie fahren konnten, durften oder mußten. Endlich gelangten sie in einen ordentlicheren, sauberen, gepflegteren Teil der Stadt.
»Feine Gegend, in der du gewohnt hast«, bemerkte Stella.
»Hinter den Fassaden lauern die Ungeheuer!« sagte Lilli bedeutungsvoll.
Stella blieb im Wagen und ließ sich von Vorüberkommenden begaffen, während Lilli in ihren alten Spielsachen stöberte. Barbies Traumhaus war lieblos in den Karton gestopft worden und hatte neben Barbie und Ken drei Power Rangers unter sich begraben. Ganz zuunterst fand sich ein Tony Martin-Krimi: »Der dämonische Glöckner im Dom zu Gurk«, und auf dem Umschlag war ein Foto von Tony Martin.
Nein, sie hatte sich nicht geirrt. Der Talker in der gestrigen Sendung hatte ganz genauso ausgesehen. Oder? Sie würde es jedenfalls heute nochmals überprüfen. Vielleicht mit Stella als unparteiischem Beobachter.
Als Lilli zum Chevy zurückkam, war Stella Walruski dreimal fotografiert worden, einmal beschimpft und zweimal um ein Autogramm gebeten.
»Für welche Berühmtheit halten die dich eigentlich?«
Stella lächelte.
Sie düsten wieder zurück, Richtung Ghetto.

»Halt«, rief Lilli plötzlich. »Jetzt habe ich eine Katze gesehen.« Stella hielt an. Vorsichtig schlich Lilli zu einem kahlen Gesträuch, in dem die Katze verschwunden war. Hinter diesen Sträuchern lag ein Garten, und mitten im Garten stand eine Villa, die ganz danach aussah, als würden Millionäre darin wohnen. Eine Millionärs-Katze war ein Haupttreffer, die brachte sicher fünftausend und mehr! Zehntausend vielleicht, wenn es sich um eine ausgefallene Rasse handelte – eine Nacktkatze oder eine Abessinierin. Sie waren hier noch ziemlich weit vom Büro entfernt, das bedeutete: Die Detektei Lilli Lobster konnte ihre Dienste nicht über den Hauskanal anbieten, aber man könnte einen Flyer an den Gartenzaun heften: »Haben Sie jemanden verloren, den Sie lieben?« Nein, das klang nach Beerdigungsinstitut. »Ist Ihre Katze davongelaufen?« Das war wiederum zu plump. Egal, erst einmal mußte man das Tierchen einfangen.

Die Haustür wurde aufgestoßen, eine alte Frau stürzte blindlings heraus, wobei sie beinah mit Lilli zusammenstieß. Sie starrten einander an. Lilli merkte, daß die Alte sich vor ihr fürchtete, und das machte ihr Spaß. Jemand, der sich vor ihr fürchtete! So klein, schwächlich und unbewaffnet, wie sie war! Aber die Alte war natürlich noch kleiner und schwächlicher. Und unbewaffnet war die Lady sowieso. Ihr Kinn zitterte. Schrecklich, so alt und hilflos zu sein!

»Meine Katze!«, stammelte die Alte und weinte beinahe. »Jezebel ist vom Fenstersims gesprungen! (Jezebel!) Wenn sie aus dem Garten läuft, verirrt sie sich! Dann fängt jemand sie ein und verkauft sie an ein Labor! Haben Sie vielleicht eine Katze gesehen? Eine dreifarbige Glücks-, Glücks-.« Lilli schluckte und war auf einmal schrecklich gerührt. »Wir finden Jezebel schon«, sagte sie beruhigend. »Denken Sie doch nicht gleich an das Schrecklichste!«

Weder wollte die alte Frau wissen, was Lilli in ihrem Garten zu suchen hatte, noch dachte Lilli daran, es zu erklären. Im Moment gab es Wichtigeres. Sie zappelten hierhin und dorthin, riefen »Jezebel!«, suchten unter Sträuchern und hinter Bäumen. Und natürlich war es schließlich Stella Walruski, der mit einer dreifarbigen Langhaarkatze auf dem Arm auftauchte.
Die alte Dame war so glücklich, daß sie Stella und Lilli Lobster gleich zum Tee einlud. Sie hieß Therese Adler und bat darum, daß sie Terry zu ihr sagten. Dann führte sie sie in einen hübschen Erker mit Zimmerpalmen und Stutzflügel.
Lilli erzählte von ihrem harten Leben als Detektivin und deutete an, daß sie zur Zeit einer ganz heißen Sache auf der Spur sei.
»Wie aufregend«, lächelte Terry. »Und die Spur führt hierher?«
»Nein, nein! Wir waren gerade auf dem Heimweg von einer Erkundung, da habe ich ihre Katze gesehen und gleich gedacht, daß – daß –«
»Daß sie entlaufen sein muß«, kam Stella zu Hilfe, »Lilli ist unerhört tierliebend.«
»Stella ist mein Fahrer und Special-Agent!« sagte Lilli.
»Sind Sie so einer, der die Leute beschattet?« fragte Terry amüsiert. Jetzt, da Jezebel gefunden und in Sicherheit war, war die alte Dame auf einmal ganz munter, ja sie sprühte vor Munterkeit wie eine Wunderkerze.
Stella grinste. »Ich fürchte, für Beschattungen bin ich zu auffallend.«
Zu Lillis Erstaunen erzählte er Terry Adler, auf welche Weise er seine Neigung zu Walle-Kleidern entdeckt hatte. Mit elf Jahren durfte er nämlich bei einem Krippenspiel als Stern von Bethlehem auftreten. Das war der Beginn einer Leidenschaft für Glanz und Glitzer, die ihn seither nicht losließ. Von da an schritt er zu Jahresbeginn den Heiligen drei Königen voran, im

Fasching verkleidete er sich als Puppenfee, und das ganze Jahr über war er Ministrant.
Heute führe er eine unabhängige künstlerische Existenz, erzählte Stella, und er leiste sich Roben von Malbain und Vivenchy.
»Diese wunderbaren Glockenröcke!« seufzte Terry Adler, »Denken Sie nur an Audrey Hepburn in ›Ein süßer Fratz‹!«
Stella wußte sofort, wen sie meinte. Er nickte heftig und war ganz entzückt.
Und Lilli beobachtete nicht ohne Neid, wie gut er und Terry sich auf Anhieb verstanden.
Dann wollte Terry Adler wissen, ob sie Stella ebenfalls als Chauffeur und Begleiter heuern könne und wieviel er denn so üblicherweise verlange.
»Achttausend«, sagte Stella.
Lilli erschauerte und war froh, daß sie seine Dienste zum Nulltarif bekam.
Die alte Dame überlegte. »Das ist nur angemessen«, befand sie schließlich, »ich werde es mir sicher nicht oft leisten können, Sie zu engagieren, ich bin nicht reich –«
»Sind sie nicht?« entfuhr es Lilli. »Aber Sie wohnen doch in einer Villa –«
»Nur im Erdgeschoß«, klärte Terry Adler sie auf. »Die oberen Räumlichkeiten sind als Büros vermietet. Wie auch immer: Ich müßte meine Cousine wieder einmal besuchen, und dann sollte ich endlich auf den Friedhof gehen, wo einige Freunde von mir ruhen.«
»Ich bin vernarrt in Friedhöfe«, sagte Stella prompt und bot an, für Friedhofsfahrten seinen Tarif um die Hälfte zu reduzieren. Er würde dem Anlaß entsprechend auch ein schwarzes Kleid tragen. »Eng anliegend und ganz schlicht –«
»Audrey Hepburn in Frühstück bei Tiffany!« rief Terry Adler. Wieder strahlten sie einander an.

Schon wurde der Termin für die erste Ausfahrt festgelegt.

»Ich traue mich allein nicht mehr aus dem Haus«, sagte die alte Dame. »Seit es diese Killerbienen gibt, schon gar nicht.«
Weder Stella noch Lilli hatten von Killerbienen gehört.
»Wirklich nicht? Auf den Seniorenkanälen wird eindringlich vor ihnen gewarnt. So viel ich verstanden habe, handelt es sich offenbar um Roboter, die wie giftige Insekten funktionieren. Sie stechen einen, und nach wenigen Sekunden tritt der Tod ein.«
»Aber wer bringt solche Roboter in den Verkehr?«
Die alte Dame zuckte die Schultern. »Ich nehme an, es ist Teil eines allgemeinen Ausrottungsprogramms.«
»Ausrottungsprogramm?«
Der Glanz in Terry Adlers Gesicht war erloschen, als sie sagte: »Die älteren Generationen sollen ausgerottet werden – na, zumindest ausgedünnt. Wir sind zu viele, wir leben zu lang. Haben Sie denn noch gar nichts davon gehört?«
»Himmel!« rief Stella schockiert.
Auch Lilli schüttelte ungläubig den Kopf. Der einzige alte Mensch, den sie näher gekannt hatte, war ihre Großmutter gewesen. Lilli hätte sie niemals umbringen können. Selbst dann nicht, als sie erfuhr, daß sie zu Omas Haupterbin eingesetzt war.
»Manche glauben, dahinter steckt eiskalte Berechnung: Man will sich die Pensionen sparen. Andere vertreten die Ansicht, daß es sich bei den Killerbienen um sogenannte Amitanten handelt, Computerwesen, die sich verselbständigt haben und aus einer Versuchsanstalt entkommen sind.«
»Aber warum sollten sie ausgerechnet auf ältere Menschen losgehen?« wandte Stella ein.
»Auch dazu gibt es diverse Thesen. Eine der bösartigeren Er-

klärungen ist, daß diese Roboter auf den Geruch älterer Menschen programmiert sind, wie Zecken auf Milchsäure, aber das ist natürlich Unfug. Alles, wonach ich zum Beispiel rieche, ist Toy von Tapou. Schnuppern Sie einmal, Stella.«
Stella schnupperte. Lilli räusperte sich.
Terrys Kinn zitterte wieder. »Und so wird jeder alte Mensch nach etwas anderem riechen.«
»Vielleicht wird die Robotik von Bewegungsimpulsen ausgelöst«, überlegte Stella.
»Nein, nein, diese Killerbienen sind ferngesteuert!« rief Terry.
Das Wort erinnerte Lilli an etwas, aber sie konnte sich im Moment nicht darauf konzentrieren. Noch dazu, als sie sah, wie Stella beruhigend die Schulter der alten Dame tätschelte.
Terry wollte ihnen noch Likör anbieten, aber Lilli drängte auf Aufbruch. Es gab hier kein Fernsehgerät, und die Sendezeit der MicMac-Show nahte, sie wollte sie nicht verpassen. Stella, der sich offensichtlich ungern von seiner neuen Bekanntschaft trennte, schlug vor, die Sendung doch am Monitor im Auto anzusehen, doch Lilli behauptete, dort sei das Bild viel zu klein. Also kutschierte er sie nach Hause.

Den »Dämonischen Glöckner« zur Hand, wartete Lilli auf die MicMac-Show. Stella reparierte indessen die Kaffeemaschine.
»Jetzt kommt er«, schrie Lilli.
Ist das nicht ein grausiger lausiger Tag? fragte Tony Martin einschmeichelnd.
»Was haben wir denn da für einen grausigen kleinen Lauser!« sagte Stella und setzte sich.
»Sieh ihn dir genau an! Ist er das auf dem Foto oder nicht!«
»Der und kein anderer!«
»Aber dieses Foto ist über zehn Jahre alt!«
»Gute Gene!«

»Nein, Stella, ich bin überzeugt, sie haben Tony Martin seither ausgetauscht!«
»Wenn du glaubst, Lilli!« sagte Stella gleichmütig, »Du bist hier der Sherlock Holmes.«
»Nero Wolfe«, korrigierte sie. »Kennst du die Sendung ›Inspektor Roy‹? Diesen Schäferhund haben sie schon ein paarmal ersetzt. Heute ist es wahrscheinlich der fünfte Ersatz-Roy, seit es die Serie gibt. Ich meine damit, daß so etwas bei Hunden gang und gäbe ist.«
In der Schule hatte Lilli stets in »Pop« (Geschichte der Populär-Kunst und der Medien) brilliert. Leider war »Pop« kein Hauptfach gewesen.
»Oder denk an Lassie-Mädchen«, fuhr sie eifrig fort.
»Wer ist Lassie-Mädchen?«
»Eine ganz ganz berühmte Filmhündin. Kult, verstehst du? Interessanterweise war es immer ein männlicher Hund, der Lassie-Mädchen gespielt hat.«
»Wie finde ich denn das? Ein Hund als Damen-Imitator!«
»Nenn es wie du willst. Jedenfalls übernimmt seit Jahrhunderten immer ein neuer Hund die Rolle – so lang, bis er stirbt, oder in Pension geht.«

Tony Martin beendete das Ratespiel mit der »Preisfrage«:
Welch namhafter Raumfahrer düst gern allein?
Und welche Musik spielst du niemals zu zweien?
Während die Kids »So – lo – So – lo« schrien, zeigte der Talker wieder einen hübschen kleinen Zaubertrick: Der Papierflieger, den er in die Luft sandte, verwandelte sich in eine Violine, die über den Köpfen der Zuschauer kreiste. Ein von unsichtbarer Hand geführter Bogen fidelte auf ihr das Leitthema aus ›Krieg der Sterne‹. Und wie in der gestrigen Show versank das Studio sodann im Dunkeln. T.M., von ei-

nem einzelnen Punktscheinwerfer angestrahlt, sang leise und gefühlvoll:

La-le-lu, nur der Mann im Mond schaut zu,
wenn die kleinen Babies schlafen,
Drum schlaf auch du ...

Der Schutzengel war von der Performance so angetan, daß er gleich dreimal auf die Applaustaste drückte.

»Laß den okey-dokey-Knopf in Ruhe, das ist meiner!« protestierte Lilli.

Stella nahm den Finger von der Taste und verlieh seiner Anerkennung in Worten Ausdruck: »Der Typ ist echt schräg.«

Dem konnte Lilli nur zustimmen. »Voll schräg! Irgendwie zu schräg. Sieh ihn doch nur an!«

Unter ihrem mißtrauischen Blick schien der Talker sich zu verwandeln und wirkte auf einmal wie die unheimliche Karikatur des »lieben Onkels«. Sein Lächeln war lauernd, die Stimme sank zu eindringlichem Flüstern. Und die Worte des Schlummerliedes hörten sich jetzt fast wie eine Drohung an:

Gute Nacht, nur der Mann im Mond hält Wacht,
wenn die kleinen Babies träumen,
Drum träum auch du ...

Stille, dann heftiger Applaus. Und als die übrigen Scheinwerfer wieder angingen, hatte der Talker sich zurückverwandelt in den harmlosen netten Jungen, der ein bißchen verlegen war und vom Beifall ganz überwältigt schien. Die Show war zu Ende. Tony Martin wurde kurz ernsthaft, und wie beim letzten Mal brachte er noch rasch ein Sprüchlein von Vorsicht und Wachsamkeit.

Bleib wachsam, Fan! Paß auf dich auf, Fan! He – und vergiß eines ja nicht: Ich liebe dich!

Und spontan sandte Tony Martin ein Küßchen in Richtung Kamera. Musik. Abspann.
»Na?« fragte Lilli
»Schräg«, wiederholte Stella, »War das denn wirklich der Kinderkanal?«
»Irgend etwas ist faul an dem Kerl«, murmelte Lilli, »Er sieht Tony Martin zum Verwechseln ähnlich und ist doch ganz anders.«

Lilli setzte dem Schutzengel ihren großen Plan auseinander: Sie würde herausfinden, was es mit dieser Tony Martin-Imitation auf sich hatte und danach nicht ruhen und rasten, bis sie den echten Tony Martin gefunden hätte.
Stella kapierte den Sinn der Sache nicht ganz.
»Es geht um Geld«, erklärte Lilli. »Ich rieche eine Story.«
»Aber wenn das so üblich ist im Showbiz, daß die Typen laufend ausgetauscht werden – du selbst hast mir doch von Schäferhund Roy und Lassie-Mädchen erzählt –«
»Tony Martin war aber kein Hund, und er war keine Figur in irgendeiner Seifenoper, die man verschieden besetzen kann, sondern er war ein richtiger Mensch. Denke ich wenigstens. Vielleicht hat man ihn sogar umgelegt.«
Eine Vermutung, die der Schutzengel für etwas überzogen hielt. »Wahrscheinlich hat Tony Martin nur einen Haufen Geld gekriegt, damit er sein Knittergesicht zurückzieht aus dem Geschäft und einem Jüngeren Platz macht. Nun verbringt er seinen Lebensabend im Haus zur sinkenden Sonne.«
»Ja, aber ist das nicht tragisch? Ich meine, ist es nicht eine Story für ›Tragische Schicksale‹: Was wurde aus Tony Martin!? Und die vielen Menschen, die ihn in ihrer Kindheit verehrt und geliebt haben wie einen Gott, die werden sich alle auf meine Enthüllung stürzen!«

»Ich wäre nicht scharf drauf, meinen Gott im Altersheim zu besichtigen.«
»Komisch! Mir ist vorgekommen, du stehst auf Oldies!«
Darauf erwiderte Stella erst einmal nichts; er nahm einen kleinen Handspiegel und erneuerte sein Lip-Gloss.

Der Unsichtbare

Daniel Dodo blinzelte sie durch dicke Brillengläser an.
»Ich habe ein Problem«, verkündete Lilli Lobster.
»Hast du doch jedes Mal, wenn du mich anrufst!«
»Stimmt Dodo, aber du mußt es so sehen: Ich kann dich nicht anrufen, wenn ich kein Problem habe, einfach weil ich immer ein Problem habe.«
»Ich liebe dich, Lilli Lobster.«
»He, warum wirst du nicht Talker? Die lieben auch ständig alle Leute!«
»Die sagen das nur und meinen es nicht so.«
»Was geschieht eigentlich mit einem Kindersendungs-Moderator, wenn er älter wird, Dodo?«
Daniel Dodo war spezialisiert auf Medien- und Informationsrecht. Deshalb kannte er sich im Show-Geschäft aus. »Früher hat so ein Kinder-Onkel sich das Haar gefärbt und ein Mieder getragen, heute setzt man ihn ab, gnadenlos. Oldies sind megaout.«
»Bis auf den Weihnachtsmann.«
»Der Weihnachtsmann darf älter sein – sagen wir fünfunddreißig Jahre. Fünfunddreißig Jahre ist für die Kids schon uralt. Ist das denn dein Problem?«
»Tony Martin ist mein Problem. Du erinnerst dich: der aus den Neunzigern. Im Kinderkanal gibt es T.M. immer noch. Und er sieht immer noch aus wie neu. Inzwischen ist er aber schon älter als der Weihnachtsmann.«
»Es werden Aufzeichnungen von früher sein!«
»Nein, nein! Die Kids im Studio sind heutige, die tragen alle solche Funkyfunks! Verstehst du, Dodo? Ich sehe Tony Martin

auf dem Bildschirm, aber irgendwie glaube ich nicht so recht, daß er es wirklich ist. Etwas stimmt da nicht, und ich bin wild entschlossen, es aufzudecken! Eine Story daraus zu machen! Es läßt mir keine Ruhe! Ich fühle, daß da was Teuflisches dahinter steckt. Ich spüre es in den Fingerspitzen –«

Daniel Dodo nahm die Brille ab und rieb seine schmerzenden Augen. »Na gut, gegen welche Gesetze willst du diesmal verstoßen?«

Der Jurist war nicht nur Lilli Lobsters treuer Freund seit Kindertagen, sondern auch ihr Rechtsberater. Er konnte sie zwar nicht daran hindern, das Gesetz zu übertreten, aber er erklärte ihr wenigstens, wieviele Jahre sie dafür bekommen würde.

Bei der Scheidung von Lillis Eltern war Daniel Dodo der Anwalt ihres Vaters gewesen. Während Albert Lobster sich mit neuen Freundinnen tröstete und Luise Lobster mit ihrer Ausbildung zur Familientherapeutin beschäftigt war, nahm der Anwalt sich der kleinen Scheidungswaise an. Und auch heute noch war er immer und jederzeit für Lillis Probleme da. Sie sahen einander hauptsächlich am Videofon; denn auch Daniel Dodo verließ seinen Iglu nur ungern. Meist saß er in einem spezialgefertigten Drehstuhl vor dem Computer, befaßte sich mit kniffligen Rechtsfragen und beriet sich mit anderen exzellenten Juristen auf der ganzen Welt.

»Ich wüßte nicht, daß ich diesmal irgendein Gesetz übertrete, Dodo – außer vielleicht Datenschutz – möglicherweise müssen geheimgehaltene Produktionsdaten erhoben werden; vielleicht kommt jemand auf die Idee, mich wegen übler Nachrede anzuzeigen – nur um mich mundtot zu machen, verstehst du? Aber als Detektivin darf man eben nicht zimperlich sein. Hör auf zu seufzen, Dodo! In erster Linie geht es doch darum, welche Verbrechen die andere Seite begangen hat!«

»Wer ist das überhaupt, die andere Seite?«

»Keine Ahnung! Zunächst habe ich nur das Opfer! Den verschwundenen Tony Martin. Ich meine, den echten, Uralt-Tony Martin. Er ist heimlich ausgetauscht worden. Liegt da nicht Verletzung des Copyrights vor?« Lilli dachte nach. »Verstoß gegen die Menschenrechte – oder den Denkmalschutz?«

Daniel Dodo wippte entspannt in seinem Stuhl. »Zunächst wäre die Frage zu klären: Wer hat überhaupt das Copyright für Tony Martin? Er selbst oder seine Firma? Du weißt ja nicht einmal, wer der Typ früher war. Möglicherweise war diese Figur von Anfang an ein Kunstprodukt. Oder nimm an – nur eine These – Tony Martin ist ein Klon. Klone sehen völlig identisch aus. Das ist eine waghalsige, aber gute These, denn sie würde alles erklären. Demnach hätte es niemals nur einen Tony Martin gegeben, sondern von Anfang an schon ein Dutzend. Im Abstand von fünf Jahren werden die Klonlinge der Reihe nach aufgetaut. Und so ist immer ein Tony Martin zur Stelle, der – sagen wir – gerade Zwanzig geworden ist.«

Lilli erwog diese Möglichkeit und verwarf sie dann: »Ich glaube nicht, daß man Medienstars züchten kann, Dodo. Zufällig hab' ich mir vor Wochen ein paar Infos besorgt, weil ich doch eine Katzenzucht aufziehen wollte, mit Lujo und Nada – Nada ist allerdings voll auf Mimsy fixiert. Also der Punkt ist: Bei Zuchttieren kannst du mit ziemlicher Sicherheit voraussagen, ob sie ein Hit werden, das heißt: keine O-Beine haben und ein Fell in der richtigen Farbe. Aber wie kannst du bei so einem klitzekleinen Klon wissen, ob das einmal ein guter Talker wird? Einer, der was drauf hat? Der was 'rüberbringt? Einer der bei den Leuten ankommt? Ich meine, der muß mehr haben als gerade Beine und die richtige Haarfarbe!«

Daniel Dodo lachte. »Immerhin – es gibt auch rein äußerlich

bessere und schlechtere Voraussetzungen. Schau zum Beispiel mich an! Da siehst du schlechtere Voraussetzungen.«

Im stillen konnte Lilli ihrem Freund nur zustimmen. Dodo wog hundert Kilo, er hatte stecknadelkopfkleine Augen, wenn er seine Brille trug, und Glupschaugen, wenn er sie herunternahm; sein Haar fiel in dünnen Strähnen über die Ohren. Die einzigen Laster dieses Geistesriesen waren koffeinhaltige Erfrischungsgetränke und Pommes frites. Dementsprechend sah er aus. Tatsächlich konnte Lilli sich nicht vorstellen, daß irgend jemand auf der Welt für Daniel Dodo schwärmen könnte, sie sprach es aber natürlich nicht aus.

Dodo grinste. »Aber selbstverständlich hast du recht, Lilli. Daß man Tony Martin seinerzeit geklont hat, ist mehr als unwahrscheinlich. Es sei denn, er stammt aus einer Sippe genialer Talker, und das ist nicht der Fall. Ich tippe also darauf, daß man seine Persönlichkeitsrechte, so heißt das nämlich, abgegolten hat, und der alte Knabe mit viel Geld in Pension geschickt wurde. Worauf ein Junger, der ihm einigermaßen ähnlich sieht, seine Stelle einnimmt. So jemanden zu finden, ist nicht schwer. Denk an Licht-Doubles, Stunts, Ähnlichkeitswettbewerbe. Es gibt einen Haufen Leute, die ihr Geld einzig und allein damit verdienen, jemandem ähnlich zu sehen. Oder vielleicht ist es sogar ein Sohn von ihm, ein Bruder – ein Neffe –.«
»Oder ein jüngerer Zwilling! So sieht er nämlich aus! Hast du als Kind für Tony Martin geschwärmt, Dodo? Für ihn Tagebuch geführt, seine Detektivromane gelesen, seine Rätsel gelöst? T-Shirts mit seinem Bild getragen? Dann wüßtest du: Es gibt nur einen unverwechselbaren Tony Martin! Ich hab' sogar die Pünktchen in seinen Augen gezählt!«

Lilli erwähnte nicht, daß sie selbst noch gestern an ihrer eigenen Wahrnehmung gezweifelt hatte. Sie mußte Dodo davon überzeugen, wie bizarr und rätselhaft das Ganze war.
Daniel Dodo räusperte sich, als steckten noch Krümel des letzten Kartoffelstäbchens in seiner Kehle. »Tut mir leid, Lilli, mit vier Jahren habe ich bereits »Pooh der Bär« gelesen, mit acht die »Welt der Wissenschaft« abonniert, mit zwölf Jahren begann ich mit dem Jus-Studium. Ich war einer dieser Überflieger.«
»Also ich war ein ganz normales Kind, Dodo. Ich verliebte mich mit sieben in Tony Martin. Ich beteiligte mich an jedem Preisrätsel, um endlich einmal als Zuschauer in eine MicMac-Show zu kommen. Es gelang mir nie. Vermutlich gab es Millionen richtiger Einsendungen. Alle Kinder schwärmten für Tony Martin. Und vielleicht war es besser, daß ich nie in die Show kam. In Tonys Nähe wäre ich sicher vor Glück ohnmächtig geworden. Man hätte mich aus dem Studio schleifen müssen. Irgendwann war ich dann darüber weg, und bis gestern hatte ich T.M. praktisch vergessen. Durch einen reinen Zufall sehe ich ihn wieder: Ich habe gerade meine Monster-Brüder auf dem Schirm – bitte frag mich nicht warum und wozu – jedenfalls haben Boris und Meadows den Kinderkanal eingestellt, und wer flimmert dort über die Mattscheibe? Tony Martin! Flash – Bang! Es war wie eine Zeitreise in die Vergangenheit! Aber, paß auf, Dodo, es kommt noch besser: Inzwischen habe ich mir die MicMac Show noch zweimal angesehen. Tony Martin hat jetzt viel mehr drauf als früher! Und er singt!«
»Playback«, sagte Daniel Dodo.
»Er zaubert! Er läßt Dinge aus dem Nichts entstehen!«
»Im Fernsehen überhaupt nicht schwierig!«
»Was ich damit sagen will: Er hat sich ganz toll weiterentwickelt.«

»Jeder gute Entertainer entwickelt sich weiter«, sagte Dodo. »Denk an Woody Allen, Dany de Vito, Milli Dean! Die haben sich alle weiterentwickelt –«

»Halt!« rief Lilli, »Genau das ist der Punkt! Die haben sich alle weiterentwickelt, aber sie haben dabei ihre Haare verloren, Falten gekriegt, lange Ohren – was weiß ich – aber Tony sieht immer noch genauso jung aus wie damals. Das ist irgendwie unheimlich. Ich hab' lange darüber nachgedacht, Dodo, jeder Star verändert sich mit der Zeit! Selbst Donald Duck und Bugs Bunny sehen heute anders aus als in ihren Anfängen.«

»Na gut, Lilli, nehmen wir an, du bist keiner optischen Täuschung erlegen. Dann wäre die Lösung des Rätsels einfach die: Tony Martin ist heute kein Mensch aus Fleisch und Blut mehr.«

Lilli Lobster tat einen tiefen Atemzug und nickte dann. So mußte es sein. Genau dieser Verdacht war schließlich auch ihr gekommen.

»Also sehen wir uns an, wo das Verbrechen dabei läge. Verletzung der Realitätsklausel wäre das erste, was mir einfiele. Bloß: Eine solche Klausel existiert erst in der Phantasie des Gesetzgebers. Soviel ich weiß, wird schon seit Urzeiten ein Gesetz gefordert, das es verbietet, im Fernsehen, im Rundfunk oder im Film Realität vorzutäuschen. Praktisch schreit man schon seit Orson Welles' Hörspiel »Invasion vom Mars« nach so einem Gesetz. Allerdings ist die Sachlage seither nicht einfacher, sondern im Gegenteil immer komplizierter geworden. Und es wird deshalb immer schwieriger, ein Gesetz gegen Realitätsvortäuschung durchzusetzen. Denn – was ist Realität? Zumal im Show Biz! Wo hört der Akteur auf, wo fängt die Animation an? Meiner Ansicht nach wird es ja gerade deshalb immer wichtiger, ein Menschenrecht auf Realität im Grundgesetz zu verankern!«

Daniel Dodo, der sich in Eifer geredet hatte, machte eine Pause und leerte eine halbe Packung Tatum's Taters, seine Lieblings-Fritten.

»Aber kehren wir zurück zum Fall Tony Martin: Die Erfahrung sagt mir: Was immer sie – die Produzenten, die Redakteure, die Techniker – mit dem Talker angestellt haben, es ist mit Sicherheit legal. Alles sauber und gründlich überprüft und abgesichert durch ein Heer von Rechtsanwälten und daher juristisch völlig unantastbar.

Mit einem Wort, Lilli Lobster: Die größte Gefahr, der du dich diesmal aussetzt, ist, daß du deine Zeit verschwendest.«

»Es ist also alles legal. Und was würdest du sagen, Daniel Dodo, wenn ich dir erzähle, daß ich im Fernseh-Archiv nach alten Tony-Martin-Sendungen gesucht habe und keine einzige gefunden habe? Sie haben alle einen Sperrcode, selbst die Sendung von gestern. Na? Gibt dir das nicht ein bißchen zu denken?«

Es gab Daniel Dodo zu denken, und er vertilgte den Rest der Packung, während sein Verstand arbeitete. »Alles gesperrt? Zugegeben, das ändert die Sachlage. In diesem Fall komme ich allerdings zu der Ansicht, daß kein Sender deine Story bringen wird, wenn du eine herausfindest.« Dann fügte er hinzu: »Sei vorsichtig, Lilli!«

»Keine Sorge, Dodo, ich verstehe es doch, Spuren zu verwischen! Deshalb habe ich in die Benützer-Spalte im Fernseh-Archiv auch deinen Namen eingetragen statt meinen!«

Ehe er etwas Passendes sagen konnte, fragte sie schnell: »Kannst du mir übrigens ein bißchen Geld leihen? Ich bin im Moment – nicht – ganz –«

Daniel Dodo schüttelte den Kopf. Lilli Lobster Geld zu leihen, hielt er für unklug, er hatte einen anderen Vorschlag: »Ich würde an deiner Stelle ein Ermittlungs-Stipendium beantragen.«

»So was gibt es?«
»Jeder Mensch hat zu Beginn seiner Berufslaufbahn ein Recht auf Förderung«, sagte Dodo vage, »damit investiert der Staat in die Zukunft seiner Bürger. Wenn du willst, übernehme ich das Formale –«
Natürlich wollte Lilli.
Und natürlich gab es in Wahrheit ein solches Stipendium gar nicht. Daniel Dodo hatte es soeben erfunden. Aber auf irgendeine Weise, fand er, mußte ja für Lilli Lobster gesorgt werden.

Lilli Lobster begann mit ihren Nachforschungen, und alles bestätigte ihren und Daniel Dodos Verdacht. Der Superstar Tony Martin – jung oder alt – war unsichtbar wie seinerzeit Michael Jackson nach einer Schönheitsoperation. Weder zeigten ihn die Nachrichten, noch Berichte über Special Events, noch Klatschsendungen, noch die Kulturkanäle. Nur in seinen eigenen Sendungen im Kinderkanal erschien er. Lilli entschied, Special-Agent Stella Walruski in die Schlacht zu schicken. Stella steckte eine Kopie des Tony-Fotos ins Handtäschchen und nahm sie mit zu Clubbings, Raves und sonstigen Fêten. Wenn er nicht gerade mit der Menge wogte, zeigte er das Foto herum. Erfolglos. Keiner hatte T.M. jemals an diesem oder einem anderen Ort gesehen. Immerhin erhielt Stella den Hinweis eines früheren Fans, der es vor zehn Jahren einmal geschafft hatte, Tony Martins kostbare Adresse zu ergattern. Wenn der Talker nicht inzwischen fortgezogen war, dann hatten sie nun zumindestens sein Domizil.

Nichts wie hin! entschied Lilli und stieg freiwillig in die Limousine. Das Jagdfieber hatte sie gepackt. Der Navigator gab seine Anweisungen, und der Lincoln kurvte hinauf in die Hügel am Rande der Stadt. Doch als Lilli und der Schutzengel endlich an der angegebenen Adresse ankamen, war alles, was sie sahen, ein hoher Elektrozaun. Der Eingang reagierte nur auf die Eingabe eines Codes, und den wußten sie nicht. Von der nächsten Anhöhe aus ortete Stella mit dem Teleskop einen flachen Bunker inmitten des abgesperrten Geländes. Wie die Infrarotpeilung zeigte, war der Betonklotz eineinhalb Stockwerke hoch und mehrere Stockwerke tief.

»Tony Martin hat sich gegen die Neutronenbombe gut abgesichert« sagte Stella. »Vermutlich gibt es von diesem Bunker aus einen unterirdischen Gang zu seinem Fernsehstudio. Dann braucht er niemals ans Tageslicht, wie die Termiten.«

Eine naheliegende Schlußfolgerung, denn sie befanden sich auf der höchsten Erhebung der Stadt. Hier oben war ein starker Sender, und die Gebäudekomplexe aus Glas und Stahl, die sich ringsum krakengleich über die Hänge ausbreiteten, waren offensichtlich Fernsehstudios.

»Ich schlage vor, daß du den Bunker trotzdem einige Tage beobachtest, Stella«, ordnete Lilli Lobster an.

»Ich? Hier heroben? Nacht auf dem kahlen Berge? Nicht meine Vorstellung von einem ultimativen Event!«

»Hast du nicht unlängst gesagt, daß du Friedhöfe liebst? Wir sind vorhin an einem vorübergefahren. In einer Observier-Pause könntest du die Gräber besuchen.«

Prompt fiel Stella ein, daß es eine gute Idee wäre, Terry Adler zu einer Spazierfahrt einzuladen. »Vielleicht hat sie hier oben auch jemanden liegen?«

»Jemanden liegen?«

»Einen teuren Toten. Ich wollte Terry dieser Tage einmal anrufen und fragen, wie es ihr geht. Die Sache mit den Killerbienen macht mir ein bißchen Sorgen.«

»Sie ist eine ur-ur-alte Frau, Stella!«

»Na und? Soll das heißen, daß man sie bei Rot über die Kreuzung schickt?«
»Nein – nur –«
»Terry Adler ist etwas ganz Besonderes. Hast du zum Beispiel gewußt, daß sie früher Tänzerin war? Kleinkünstlerin? Und ein Theater leitete?«
»Du hast dich mit ihr getroffen?«
»Wir haben telefoniert.«
»Du bist ganz hin und weg von ihr, stimmt's? Für die Alte würdest du dich sogar normal anziehen, nicht wahr?«
Stella lächelte. »Ich glaube, ›normal‹ ist für Terry keine Kategorie.«
»Na bestens«, sagte Lilli, so cool sie konnte, »dann ist es also abgemacht. Du observierst das Gebäude.«
»Geht in Ordnung.«
»Und vielleicht gelingt es dir, den Code zu knacken und in dieses Haus hineinzukommen.«
Stella schüttelte den Kopf. »So etwas nennt man Einbruch, Lilli. Ich brauche aber meine Freiheit wie ein Vogel den weiten Himmel! Eine längere Haftstrafe würde mich umbringen.«
»Zumindest könntest du versuchen herauszufinden, in welchem Studio die MicMac-Show gedreht wird.«
»Das könnte ich.«

Auch dieses Unternehmen war ein Flop. Das gesuchte Studio befand sich zwar, wie sie vermutet hatten, auf diesem Hügel, es war jedoch abgeschirmt wie Fort Knox. Völlig unmöglich, dort ungesehen und ungehindert einzudringen.
»Ich frage mich bloß, wie sie die vielen Zuschauer hineinkarren!« sagte Lilli, als Stella Bericht erstattete. »Hast du irgendwelche Busse mit Kindern gesehen?«
»Vermutlich fahren die Kids unterirdisch herauf, in plombier-

ten Zahnradbahnen. Der Schutzengel ahnte nicht, wie zutreffend seine Vermutung war. Jedenfalls bekam er während einer Woche Observierens weder den Talker noch dessen Fans zu Gesicht, und Detektivin Lilli Lobster blies die ganze Aktion wieder ab. Für einen Blick auf Tony Martin blieb somit weiterhin nur der Bildschirm.

Lilli sah sich Tag für Tag die MicMac-Show an, und wie in alten Zeiten beantwortete sie hoffnungsvoll alle Preisfragen –
Tom haßt sie – Pluto liebt sie – und wir drücken sie gern –
Sie sah sich auch die anderen Sendungen an, die von T.M. moderiert wurden: In »Der Komiker der Woche« stellte der Talker diversen uncoolen Typen coole Fragen, in »D.J. Tony« brachte er Jungle-Musik und makabre Scherze –
Hört er einen rauhen Ton, geht der Lehrer in Pension – oder:
Hat die Oma einen Hund, bleibt sie viel zu lang gesund!
Die Kids heutzutage liebten es offenbar brutal.

Stella Walruski zog das richtige Leben der Glotze vor. Nachdem er mit Terry Adler alle Friedhöfe der Stadt durchwandert hatte, fragte er sie schließlich, ob sie nicht mitkommen wollte zu einem Rave in den Katakomben.
»Stella Walruski, für wie alt hältst du mich eigentlich?!« kicherte Terry, »dort unten liegt nun wirklich niemand, den ich kannte!«

Lilli berichtete Daniel Dodo vom Ergebnis ihrer Nachforschungen. »T.M. ist und bleibt unsichtbar und unauffindbar. Immerhin haben wir herausgefunden, daß dort oben seine Sendungen produziert werden, und daß in dieser Bergfeste auch Tony Martins Verlag untergebracht ist, die ›Wundertüte‹. Mit einem Wort: alles ist an einer Stelle. Tony Martin braucht sich nirgends sonst blicken zu lassen. Es würde also gar nicht weiter auffallen, wenn es ihn nur virtuell gäbe!«

»Hast du schon versucht, telefonisch oder schriftlich an ihn heranzukommen?«

»Wofür hältst du mich, Dodo? Es ist alles zwecklos. Am Video erscheint bloß ein Insert, dazu hörst du eine Stimme vom Band. Der Sekretär seines Sekretärs faxt einen Standard-Brief, in dem Tony Martin sich für mein freundliches Interesse bedankt. Das Autogrammbild, das sie mir geschickt haben, kriegte ich schon vor zehn Jahren.«

»Versuch es über seine Umgebung. Tony Martin ist ja nicht nur von Mauern, sondern auch von Menschen umgeben –«

»Von menschlichen Mauern, wenn du mich fragst!«

»Die Welt besteht nicht allein aus Leuten, die Tony Martin bezahlt, und die bei ihm angestellt sind!«

»Aber seine Zuschauer, seine Fans kriegst du ja auch nicht zu Gesicht! Keiner beobachtet, wie sie ins Studio strömen. Man sieht sie nur wenn sie auf Sendung sind! Selbst Stella, der überall hinkommt und Gott und die Welt kennt, hat keinen gefunden, der Tony Martin jemals persönlich erblickt hätte, ganz zu schweigen von Bekannten oder Freunden von ihm –«

»Und was ist mit Feinden?« unterbrach Daniel Dodo.

»Feinde? Du glaubst, daß Tony Martin Feinde hat? Wie kommst du darauf?«

»Also – ich hab' mich ebenfalls ein bißchen umgehört, und du wirst dich wundern, Lilli: Wie es scheint, hat der Talker sogar eine ganze Menge Feinde. Nimm zum Beispiel meinen Buchhändler. Wenn er den Namen Tony Martin hört, fängt er an zu toben. Oder André Bauer, ein Regisseur, den ich einmal im Prozeß gegen eine Teleproduktion vertreten habe – ich müßte seine Nummer heraussuchen –«

»Dodo, du bist ein Schatz!«

»Mhm.« machte Daniel Dodo, steckte die letzte Fritte in den Mund und tippte mit fettigen Fingern seine Anfragen in den Computer. Während er wartete, wollte er wissen, ob die monatliche Überweisung des Stipendiums schon auf Lillis Konto eingelangt sei.
»Alles okey dokey! Wundert mich nur, daß sie uns in diesem bescheuerten Detektivkurs nichts davon gesagt haben!«
»Äh ja – die haben wohl Angst vor zu viel Förderbegehrlichkeit. Also, hier ist einmal der Buchhändler: Carlos Comfit. Er erzählt dir gern was über Tony Martin.«

»Wenn Sie mich fragen, so produziert der Kerl Scheiße«, sagte Carlos Comfit. »Aber bitte, Millionen Fliegen können nicht irren. Und Tony Martins Scheiße verkauft sich eben millionenfach. Mit dem Schlagwort ›kein erhobener Zeigefinger‹ machte er alle mundtot, die von Kinderbüchern ein bißchen mehr verlangen als schieren Schund. Jawohl, früher hätte man so etwas als ›Schmutz und Schund‹ bezeichnet, heute sind nur die Verkaufszahlen wichtig.«
»Naja, aber dann müßten Sie doch gut an seinen Büchern verdient haben«, warf Lilli ein. Es ärgerte sie, daß Comfit derart rabiat auf Tony Martin losging, ohne zu bedenken, daß er womöglich eine Verehrerin vor sich hatte, deren Gefühle er damit verletzte.
Aber Comfit wurde bloß noch bissiger. »Das ist richtig, ich habe gut an seinen Büchern verdient. Ich hab' so viele verkauft, daß ich meine Lager mit diesem Mist angefüllt habe. Ein Buchhändler muß sich nach der Nachfrage richten, nicht wahr? Also setzte ich auf ›Superspürnasen gegen den Teddybärchensprenger‹ und ›Geister-U-Boote im Sammelkanal‹. Ich habe gesündigt, ich bin tief gesunken. Und ich war beileibe nicht der einzige in der Branche. Wir haben uns damals nicht entblödet,

Tony Martin das ›Goldene Lesezeichen für besondere Verdienste um den Buchhandel‹ zu verleihen. Peng! Einen Monat später stellt sein Verlag auf Teleshopping um! Anruf genügt, das neue Tony Martin-Buch kommt frei Haus. Und den Buchhändler braucht man überhaupt nicht mehr.«
»Aber die Tony Martin-Bücher bringen die Kids wenigstens dazu, überhaupt etwas zu lesen. Wenn sie den ›Dämonischen Glöckner im Dom zu Gurk‹ schaffen, dann versuchen sie es vielleicht später mit den ›Dämonen‹ von Dostojewski oder dem ›Glöckner von Notre Dame‹.«
Der erbitterte Carlos Comfit hob die Stimme: »Irrtum und Irreführung! Tony Martins Machwerke sind gehirnlähmend, sie versauen den Markt für Besseres, und sie haben etliche gute Kinderbuchautoren in den Ruin getrieben, ich könnte Ihnen Namen nennen.«
»Tun Sie das«, sagte Detektivin Lilli Lobster.

Und so landete sie bei Hans-Günther Zelibor. Was Ian Fleming für Agentenromane gewesen war (epochemachend), hatte Zelibor für Kinderkrimis bedeutet. Dann kamen Tony Martins Superspürnasen, und Zelibor war in den Orkus der Vergessenheit – noch schlimmer: der Unverkäuflichkeit – gestürzt. Als Lilli ihn erreichte, wollte der Autor sich gar nicht erst am Bildschirm zeigen, nach seiner Redeweise zu schließen, war er betrunken.
Auch Hans-Günther Zelibor erging sich in wüsten Schmähungen gegen den schriftstellernden Talker: »Keiner von uns Autoren hat eine Chance gegen Tony Martin. T.M. hat die Fernsehsendungen, damit hat er auch die Leser. So was nennt man Synergie-Effekt. Es soll Kinder geben, die ihre Eltern mit Schulstreik und Dauerschreien zwingen, ihnen Tony Martin Bücher zu kaufen. Vor einigen Jahren hat ein Junge mit einer Pump

Gun auf seine Mutter geschossen, weil sie ihn mit Fernsehverbot bestrafen wollte.«
»So etwas kommt bei jedem Star vor –« Lilli begannen die Feinde des Talkers langsam aber sicher auf den Geist zu gehen.
»Haben Sie jemals Tony Martin-Krimis gelesen?« fragte Zelibor hitzig.
»Aber klar! Ich –«
»Platt, dumm und schwerfällig wie Kinderwitze! Eine Ansammlung von fehlerhafter Grammatik und Stilblüten. Papierene Charaktere – nichts, das auch nur von weitem an einen Plot erinnert – nicht ein einziger Einfall.«
»Aber die Kids lieben seine Bücher! Ich habe selbst –«
»Verwechseln Sie nicht Konsumterror und Gehirnwäsche mit freiem Wettbewerb, junge Frau! Ja, die Kinder lieben Tony Martin! Er ist der große Bruder, und sie lieben ihn!« Der ruinierte Schriftsteller lallte hörbar. »Früher ging es um Inhalte der Bücher, um erzählerische Qualität! Heute geht es um die Stars, die sie schreiben, um den Grad ihrer Bekanntheit. Jeder Schlagersänger schreibt fünfmal seine Memoiren, und die Leute kaufen sie wie wahnsinnig. Meine Bücher haben die Leute nie wie wahnsinnig gekauft. Und wissen Sie was? Ich halte es auch nicht für ein gutes Zeichen, wenn etwas wie wahnsinnig gekauft wird. Wollen Sie sonst noch was hören, junge Frau?«
»Danke, nein«, sagte Lilli.
»Prost!« sagte Hans-Günther Zelibor und hob ungesehen sein Glas.

In der MicMac Show verglomm das Licht, verwandelte sich der Talker auf seine meisterhafte Art in Mister Bojangles, einen alten betrunkenen Tänzer. Nichts war mehr liebenswert, nichts bewundernswert an diesem Mister Bojangles.

Es ist vorbei mit dir, sang Tony Martins sanfte, böse Stimme im Off,
Hör auf, dich im Kreis zu drehen!
Du warst einmal gut – was soll's!
Heute bist du ein öder, stink-alter Furzer!
Mister Bojangles, hör auf zu tanzen!

Der Nächste auf Lillis Liste war André Bauer, der Fernsehregisseur. Nachdem Bauer sich vergewissert hatte, daß Lilli weder eine Rolle anstrebte, noch Regieassistentin werden wollte, wurde er recht umgänglich. Ja, er erinnere sich noch gut an Tony Martin.

»Der Junge wurde damals rasch größenwahnsinnig. Am Anfang war er nett und lieb. Dankbar, wenn man ihm was sagte. Aber kaum kamen die ersten Fanbriefe, knallte er durch. Und auf einmal wußte er selbst am besten, wo es lang ging und ließ sich von keinem mehr Anweisungen geben. Ich durfte ihm nicht einmal sagen, wann er aus dem Licht gehen sollte. Zugegeben, T.M. hatte unheimlichen Erfolg mit seiner Masche: Ich liebe euch, Kids! Ihr seid die Größten! Und die Erwachsenen sind ja sowas von gemein! Damals begann alles auf der großen Infantilisierungswelle zu schwimmen, und T.M. war auf dieser Welle die Schaumkrone. Aber deshalb verstand er noch lang nichts von Buch und Regie. Na gut, Tony Martin war der Star. Für die Anstalt zählt die Quote, sonst nichts. Eine hohe Einschaltquote ist so viel Sonne, daß man die Brandblasen nicht mehr spürt. In Null Komma nix war ich draußen aus der Mic-Mac-Show. An meiner Stelle wurde irgendein Würstchen geheuert, das sich vor Tony Martin auf den Bauch warf. Und Olli wurde kurz danach ebenfalls gefeuert. Vor zehn Jahren war das. Ich hab' T.M. damals erzählt, was ich von ihm halte, und seither kriege ich wunderbarerweise keinen guten Auftrag

mehr. Ich kann von Glück sagen, wenn man mich hin und wieder einen Seniorenklub drehen läßt.«
Lilli, die fand, daß der Talker bei weitem nicht so schlecht war, wie alle behaupteten, fragte: »Haben Sie sich in den letzten Jahren denn überhaupt noch eine MicMac-Sendung angesehen?«
»Wollen Sie, daß meine Magengeschwüre aufbrechen?«
Lilli bat ihn um Namen und Nummer dieses oder dieser damals gefeuerten Olli.

Olli hieß mit vollem Namen Olympia Lory, und von allen Leuten, mit denen Lilli Lobster sprach, war sie die erste, die sich nicht wie ein Verlierer benahm. Für einen Verlierer schien Olympia Lory viel zu clever zu sein. Ihr Alter konnte man nur schwer schätzen. Die Haut war straff, die Löckchen feuerrot.
Olympia Lory war seinerzeit engagiert worden, um die doch recht biederen und einfallsarmen MicMac Shows etwas aufzupeppen. Ihre Aufgabe war es, Tony Martins Dialoge zu schreiben, Gags zu entwickeln, den etwas einfach gestrickten Strahlemann mit mehr Witz auszustatten. Und natürlich war auch sie bei ihm rasch angeeckt. Mit Verbesserungen seiner Texte hatte Tony Martin nichts am Hut.
»Der Knabe hatte zwölf gute Feen an seiner Wiege stehen. Er sah hübsch aus, hatte eine angenehme Stimme, er verstand es, die Kids um den Finger zu wickeln und zugleich eine sexuelle Beziehung zur Kamera zu entfalten. Mit einem Wort, er besaß fast alles, was einen guten Talker ausmacht. Aber eine dreizehnte Fee kam und versah Tony Martin mit dem Fluch maßloser Selbstüberschätzung. Jede Sprechblase, die aus ihm quoll, hielt er für eine Meisterleistung. Es genügte ihm nicht, beliebt zu sein, und sich gut zu verkaufen, nein, er wollte als Künstler

anerkannt sein. Es wurmte ihn, daß die Schriftsteller ihn nicht für voll nahmen und die TV-Kritiker ihn nicht einmal ignorierten. Ich höre ihn noch, wie er in Interviews immer sagte: ›Na gut, es ist vielleicht nicht künstlerisch wertvoll, was ich mache ...‹ – künstlerisch wertvoll!« sagte Olympia Lory voll Verachtung, »Der Knabe wußte ja nicht einmal, was gute Qualität ist –«

»Sie sprechen von Tony Martin, als ob es ihn nicht mehr gäbe –«

Ein prüfender Blick, ein rasches Lächeln des makellos geschminkten Mundes. »Ich spreche von dem Tony Martin, den ich seinerzeit kannte.«

Lilli wagte noch einen Vorstoß. »Ich hab' zufällig seine letzten Sendungen gesehen, ich fand ihn recht witzig.«

Wieder der scharfe Blick. »Aber meine Liebe, und warum auch nicht?! Vermutlich hat er inzwischen dazugelernt! Wissen Sie, es freut mich, das zu hören! Sie haben sicher auf den okey dokey Knopf gedrückt.«

Lilli nickte.

Olympia nickte ebenfalls. »Vielleicht sollte ich auch wieder einmal in eine seiner Sendungen hineingucken.« Ihre Blicke glitzerten und funkelten. Sie schien sich über irgend etwas prächtig zu amüsieren. Lilli war plötzlich davon überzeugt, daß Olympia Lory noch viel mehr über diese Sache wußte, als sie gesagt hatte. Seltsam auch, daß sie keinen Groll gegen Tony Martin zu hegen schien. Immerhin hatte sie ja durch ihn damals ihren Job verloren.

»Noch eine Frage, Olympia: Ich habe versucht, an frühere MicMac-Sendungen heranzukommen. Wissen Sie vielleicht, warum die alle gesperrt sind?«

»Sind sie das?« fragte Olympia spielerisch. Sie wußte es natürlich. Sie gab sich nicht einmal die Mühe zu verbergen, daß sie mehr wußte, als sie sagte. Lilli kam das Gespräch zwischen ihnen allmählich wie ein Spiel vor. Kein böses Spiel, aber auch kein ungefährliches.

»Ich will Ihnen einen Tip geben, meine Liebe, einfach, weil man jungen ambitionierten Menschen helfen muß. Versuchen Sie es unter dem Namen Bertini, Mario Bertini!«

»Wer ist das?«

»Bertini war der allererste Clown im Kinderfernsehen. Können Sie sich das vorstellen? Ein Dino! Er war es, der die MicMac-Show erfunden hat. Durch ihn ist Tony Martin zum Fernsehen gekommen. Da hieß er noch Toni Maier. Und er wollte unbedingt in die MicMac-Show. Hatte damals schon diesen glühenden Ehrgeiz. Mario Bertini ließ sich schließlich erweichen und gab Toni einen kleinen Auftritt. Als Lachnummer. Sie wissen: Der Tolpatsch, der über die Kabel stolpert und in die Torte fällt. Toni kam beim Publikum an. Also kriegte er wieder einen Auftritt. So begann seine unglaublich steile Karriere. Sehen Sie sich die Bertini-Filme von vor zwanzig Jahren an, meine Liebe. Sicher ist keiner auf die Idee gekommen, auch die zu sperren!«

Eine unglaublich steile Karriere

Keiner hätte in Toni Maier einen künftigen Star gesehen. In der Schule war er ein Einzelgänger. Wohl fühlte er sich nur, wenn er mit jüngeren Kindern zusammen war. Die Kids mochten ihn, weil er geduldig mit ihnen spielte, mit ihnen den Zoo besuchte und in den Zirkus ging. Einmal führte er seine kleinen Freunde in die MicMac Show. Er selbst mußte sich damals irgendwo in den Hintergrund verdrücken, weil er schon viel zu groß für die Zuschauerrolle war. So stand er seitlich in die Kulissen gepfercht, und das Ganze war recht unbequem. Doch diese Show wurde für Toni Maier zu einer Offenbarung und veränderte sein Leben.

Die MicMac-Show wurde nicht life gesendet, sondern aufgezeichnet. Mario Bertini, der lustige, springlebendige Clown, war in Wirklichkeit ein alter Mann, der seine Gags mehr als einmal wiederholen mußte, bis sie saßen. Hinter der Fassade von Leichtigkeit und Unbeschwertheit lag harte Arbeit. Was am Bildschirm spontan und fröhlich wirkte, war sorgfältig einstudiert. Am meisten aber faszinierte Toni, wie verzückt die Kinder im Studio Bertini folgten, und wie sie auch bei der x-ten Wiederholung jubelten und lachten. Sie verehrten »Mister MicMac«. Bei den Aufnahmen dabei zu sein, ihn leibhaftig zu sehen, machte sie glücklich.

Es ging Toni Maier nicht aus dem Kopf. Von nun an versäumte er keine MicMac-Show, und er studierte auch andere Kindersendungen. Sein Wunschberuf stand fest: Selbst einmal in einer solchen Sendung aufzutreten, selbst eine Kultfigur für die Kids zu werden.

Er schrieb an Mario Bertini und bat ihn um ein Gespräch. Bertini antwortete nicht einmal. Toni Maier war hartnäckig. Fast ein Jahr lang bombardierte er den berühmten Clown, bis er endlich eine Zusage erhielt. Zum zweiten Mal saß er versteckt in den Kulissen und durfte bei der Aufzeichnung zusehen.
›Er ist wirklich nicht so besonders gut‹, dachte Toni kritisch, ›man könnte es viel besser machen!‹
Bei zahlreichen Auftritten auf Kindergeburtstagsfeiern hatte er inzwischen sein eigenes Show-Talent erprobt und vervollkommnet und fand, daß Bertini auf seine kleinen Zuseher zu wenig einging. Bertini nahm die Kinder in Wahrheit gar nicht für voll. Sie waren nur Kulisse für seinen Auftritt. Er vermittelte ihnen überhaupt nicht, was für ein wunderbares Publikum sie waren und daß er sie liebte.
Toni Maier sah, wie der Clown einmal den Blick auf ihn richtete, und verzog sein Gesicht zu einem strahlenden Lächeln. Nachdem die Sendung abgedreht war, bekam er endlich sein Gespräch.

»Sie wollen bei der MicMac Show arbeiten? Haben Sie eine Ausbildung? Schauspiel? Musical? Clown? Roadie?«
Toni mußte alles verneinen. Über seine Auftritte bei Kinderfesten verzog der Clown nur verächtlich den Mund. Das Interview verlief alles andere als günstig; Toni Maier konnte dem großen Mario Bertini, dem Dinosaurier des Kinderfernsehens keinen Grund angeben, warum dieser ihn in die Show nehmen hätte sollen. Dennoch durfte er im Anschluß an diese Vorsprache als einer von Bertinis vielen »Assistenten« bei den Aufnahmen dabei sein.
›Der Alte hat eben einen Riecher für Begabungen‹, dachte Toni Maier.

Er war jetzt siebzehn, und gegen den Widerstand seiner Eltern hörte er auf, die Schule zu besuchen; fest überzeugt davon, daß Bertini sein Talent erkannte und die Absicht hatte, ihn zu fördern. Bis er merkte, daß er in den MicMac-Shows praktisch nie ins Bild kam. Er durfte Handlanger spielen und die Requisiten anschleppen. Mehr nicht. Schließlich kapierte Toni Maier, daß er dem berühmten Mario Bertini in den Arsch kriechen mußte, daß er um einen Auftritt vor der Kamera betteln mußte.
Nach Monaten war es dann endlich so weit. Bertini schlug ihm vor, eine Lachnummer zu bringen. Toni sollte drei große Papp-Würfel tragen, dabei würde er über ein Kabel stolpern und in eine Cremetorte fallen. Toni schleppte also die Würfel, die ihm tatsächlich die Sicht raubten, er stolperte, er fiel in die Torte, und das Publikum lachte. Die Szene klappte schon beim ersten Take, fand Toni. Dennoch ließ Bertini sie noch viermal wiederholen.

In der nächsten Sendung sah die »Lachnummer« so aus, daß ein Blumentopf auf Tonis Kopf landete. Der Topf war zwar aus Kunststoff, aber mit Erde gefüllt, und das Ganze tat gehörig weh, vor allem bei der dritten, vierten und fünften Wiederholung. Ein weiterer Auftritt Tonis bestand darin, mit den Schuhen in einer Pfütze aus Kleister kleben zu bleiben. Diese Nummer war zwar nicht schmerzhaft, aber enorm anstrengend, und als Bertini ihn das sechste Mal durch den zähen Kleister waten ließ, begann Toni Maier den Alten zu hassen. Die kindlichen Zuseher aber hatten angefangen, Toni zu lieben. Er erhielt die ersten Fan-Briefe.
»Lieber Toni, ich sehe immer die MicMac Show. Am besten gefallen mir deine Auftritte! Wirklich! Schade, daß du dabei nie etwas sagst! Kannst du nicht einmal etwas sagen? Ich würde mich sehr darüber freuen. Herzlich, dein Fredy Goll.«

Die Redaktion entschied, Tonis Part zu erweitern. Da Mario Bertini es ablehnte, dem jungen Kollegen einen Text zu schreiben, wurde Toni gefragt, ob er sich selbst einen Sketch schreiben wolle. Natürlich wollte Toni. Und er schlug damit voll ein. Aus »Bertinis MicMac« wurde »MicMac mit Mario und Tony«. Toni Maier verschwand, und Tony Martin wurde geboren.

Tony Martin entdeckte seine Lust am Schreiben. Warum sollte jemand wie er, der so viel Gespür für die Kleinen hatte, nicht der beste und erfolgreichste Kinderbuchautor werden, den es je gegeben hatte? Für den Zuschauerliebling Tony Martin war es tatsächlich nicht schwer, eine Serie von »Gute-Nacht-Geschichten« zu verkaufen. Kaum waren die Geschichten über den Bildschirm geflimmert, gab es sie auch schon als Buch. Dem ersten Büchlein folgten weitere. Der Verlag setzte auf die Popularität des Talkers, und diese Rechnung ging voll auf. Seine Fangemeinde wollte nicht nur mehr und mehr von Tony Martin sehen, die Kids kauften und lasen auch alles, was er schrieb.
Tony Martin schrieb über Wunder-Autos und Kuschel-Dinos, über kleine Detektive und Hunde mit großem Herzen. Nichts davon war originell oder sonstwie bemerkenswert. Sein Foto war auf dem Buchumschlag, das genügte. Als Tonys Rolle in der Show immer mehr erweitert wurde, kam es zu einer Reihe spektakulärer Auseinandersetzungen zwischen dem Produzenten und Mario Bertini, die damit endeten, daß der Clown in Pension ging.

Der so steil aufgestiegene Star des Kinderfernsehens, der neue König der Kinderbücher, von dessen Verkaufszahlen andere nur träumen konnten, hatte das Interesse der breiten Öffentlichkeit erweckt. Die Zeitungen brachten der Reihe nach Interviews mit »Mister MicMac«, dem »Robin Hood der Kinder«.

»Kinder sind den meisten ganz wurst, nur der Wirtschaft nicht«, erklärte Tony Martin und kam sich vor, als hätte er das Rad erfunden. »Mir geht es nicht darum, mit ihnen viel Geld zu verdienen, ich kämpfe für die Rechte der Kinder!«

»Wofür werden Sie sich denn besonders einsetzen?«

»Vor allem dafür, daß man Kindern nicht ständig etwas aufzwingt! Die meisten Kinder lesen z.B. viel lieber einen spannenden Krimi als hochgestochene Literatur, die Lehrer ihnen aufzwingen wollen. Aber ich finde, ein Kind hat ein Recht –«

»Auf Krimis, ist klar. Und wie ist es mit den Problemen heutiger Kinder: Scheidungen? Gewalt? Kindesmißhandlung? Werden Sie sich dagegen auch einsetzen?«

»Natürlich bin ich dagegen.«

»Würden Sie auch einmal ein Buch über so ein Thema schreiben?«

»Wissen Sie was: Das Beschissene bei den Kinderbuchautoren heutzutage ist, daß sie immer nur über solche Probleme schreiben. Scheidungen und so. Das wollen Kinder nicht lesen. Kinder wollen Unterhaltung und Entspannung. Sie wollen keinen erhobenen Zeigefinger. Schreiben Sie, ich möchte, daß die Kinder, die meine Show sehen und meine Bücher lesen, Ferien vom Alltag machen. Sie sollen glücklich sein und sonst nichts.«

Die Zeitungen schrieben, daß Tony Martin-Bücher zwar von der Kritik verrissen würden, daß aber die Kinder am Ladentisch entschieden hätten. Tony Martin sei der erfolgreichste Kinderbuchautor, den es in diesem Land jemals gegeben habe.

Verkaufszahlen und Einschaltquoten kletterten weiter nach oben. Tony Martins Aufstieg fiel genau in die Zeit, als die Quote zum Maß aller Dinge wurde, zum Ersatz für Sinn und Qualität. Kinder wurden auf einmal als »markenflexibelste Sehergruppe« geortet, aus »Kinderprogrammflächen« wurden rund-um-die-Uhr-Programme in eigenen Kanälen. Die Mic-Mac-Show wurde täglich nachmittags gesendet, vormittags wiederholt und überdies an andere Sender verkauft.
Es war der Höhepunkt in Tony Martins Leben. Er kaufte sich ein Haus, bevölkerte es mit Plüschtieren, und die Zeitungen brachten reihenweise Home-Stories. Er ließ seine Bücher in Braille-Schrift drucken; Fotos, auf denen ein Dutzend blinder Kinder sich um Tony Martin scharten, erschienen in sämtlichen Zeitungen. Tony Martin Bücher wurden in alle Sprachen übersetzt, inklusive Litauisch und Arabisch. Tony gründete schließlich seinen eigenen Verlag, »Die Wundertüte«, in dem von nun an seine Bücher, Kassetten, Kalender und Rätsel-Spiele und sonstigen Gadgets vermarktet und vertrieben wurden. Die »Wundertüte« kreierte das »interaktive Buch«, bei dem passender Spielschrott zu den Texten gepackt wurde. Tony Martin war der Star des Kinderfernsehens, und da die Bekanntheit in einem Medium die Popularität auch in allen anderen steigert, hatte er ein treues und wachsendes Käuferpublikum. Die Kinder legten es darauf an, »alles« von und über Tony Martin zu haben; schon deshalb, weil ein vollständiges Wissen über Tonys Bücher und Sendungen bei seinen zahlreichen Rätselspielen Preise und Prämien versprach.
Welchem Specht ging es schlecht?
Antwort: »Dem Buntspecht in der Blutbuche«. Was insofern nicht leicht zu erraten war, als es sich bei dem »Buntspecht« um einen getarnten Minisender handelte, mit dem ein Baummörder überführt werden sollte (»Allein gegen die Holz-Mafia«). Die

Tarnung war jedoch allzugut, und der falsche Vogel im Geäst der Blutbuche wurde von einem Marder angefallen und abgemurkst.
Unter den richtigen Einsendungen entschied das Los. Beliebte Preise waren Eintrittskarten in die MicMac Show.
Schließlich bot der Verlag unter der Bezeichnung »T. M.-Thesaurus« ein Computerprogramm an, das ein leichtes Archivieren und Abrufen von Tony Martins endlosem Schaffen ermöglichte. Dieses Archivprogramm stachelte die Sammelleidenschaft der Fans naturgemäß noch mehr an.
Um auch Kids zu beglücken, die nicht lesen konnten, stieg die »Wundertüte« ins Überraschungs-Ei-Geschäft ein.

Tausende Kinder waren Mitglieder in Tony-Martin-Klubs und Rätsel-Gemeinschaften. Tausende schütteten ihm in Briefen, Faxen oder auf Tonbändern ihr Herz aus. Sein treuster Fan, Fredy Goll, schrieb Woche für Woche.
»Lieber Tony Martin. Ich habe dich gestern in der Popsy Peters-Show gesehen. Ich finde es toll, daß du dagegen bist, daß die Erwachsenen immer auf die Kinder herunterschauen. Kinder sind oft viel gescheiter als die Großen. Und sie bauen nicht so viel Mist! Vielen Dank, Dein Fredy Goll.«

Tony Martin glaubte mehr oder minder selbst, was er in der Öffentlichkeit verzapfte. Die Vorstellung, einen Kreuzzug der Kinder gegen die verständnislosen, verächtlichen und ausbeuterischen Erwachsenen anzuführen, wurde zu seiner fixen Idee. Er begriff nie, daß er mit seinem Disney-Universum ohne Grautöne, seiner Schwarz-Weiß-Welt guter, tapferer Kinder und mieser Erwachsener den Kids das Denken ersparte und ihnen das Hirn leer räumte, so daß ein anderer hineinspucken konnte.

Dieser andere war Frederik Pfeiffer, ein reicher junger Mann mit vielerlei ehrgeizigen Plänen. Frederik Pfeiffer fand es ebenfalls unerhört, daß die Kinder keine Lobby hatten, keine Pressure Group, die sich für sie einsetzte, weshalb er die »Vorhut« gründete.

Die »Vorhut« präsentierte sich zunächst als Sportverein, mit dem erklärten Ziel, drogengefährdeten Kindern und Jugendlichen sinnvolle Beschäftigungen und eine Stütze zu bieten. Unter dem Motto »Die Vorhut macht Mut, die Vorhut macht's gut« sollten Street Kids hier Gelegenheit finden, zu trainieren und sich auszutoben. Ihre Eltern konnten oder wollten sich nicht genügend um diese Kinder kümmern, deshalb nahm sich die »Vorhut« ihrer an. Es handle sich, so Pfeiffer, um eine gemeinnützige Organisation, die Sportplätze, Infrastruktur, Trainer und Geräte zur Verfügung stellte, Wochenendcamps und Events veranstaltete und ihren Mitgliedern noch zahlreiche weitere Begünstigungen bot. Alles finanzierte Frederik Pfeiffer aus seiner eigenen Tasche, er hatte aber auch nichts dagegen, wenn sich zusätzlich der eine oder andere Förderer fand. Und es war nicht schwer, Sponsoren zu kriegen. Schließlich handelte es sich um eine gute Sache, und die Spenden ließen sich von der Steuer abschreiben.

Dennoch war die »Vorhut« gegenüber traditionellen politischen Organisationen und Verbänden im Nachteil, verfügte nicht über deren jahrzehntelang gewachsenes Geflecht von Institutionen, Traditionen und Beziehungen. Man fragte sich natürlich auch, was hinter so viel Uneigennützigkeit steckte und worauf Pfeiffer hinauswollte. Pfeiffers Erwiderung war der Gegenangriff: Es sei schon sonderbar, daß man es übelnähme, wenn ein junger Millionär beim derzeit herrschenden Roulette-Kapitalismus nicht mitspielen wollte und stattdessen sein Geld in die Jugend investierte. Wenn einer nicht im

Drogenhandel mitmischte, sondern Sportplätze für benachteiligte Kinder errichtete!
Doch Frederik Pfeiffer hatte eher den Ruf eines Haies als den eines Heiligen, und trotz dieser Beteuerungen blieb die Öffentlichkeit ihm gegenüber mißtrauisch. Also verschwendete Pfeiffer keine Zeit mehr damit, die Erwachsenen von seinen guten Absichten zu überzeugen, und wandte sich direkt an die Kinder und Jugendlichen, wobei er auf die Zugkraft von Stars setzte. Skispringer, Schwergewichtler, Fußballer warben für die »Vorhut«, Pop-Sänger folgten, und es war nur eine Frage der Zeit, bis man sich auch um Tony Martin bemühte.
Tony Martin zierte sich. Für Politik hatte er sich nie interessiert, sie gehörte zur Igitt-Welt der Erwachsenen. Von Parteien wollte er nichts wissen. Frederik Pfeiffer persönlich traf sich mit ihm und setzte ihm auseinander, daß die »Vorhut« eine unpolitische Jugend-Organisation sei. Der »Vorhut« gehe es um mehr Rechte für die Kinder, und ein Mann wie Tony Martin, auf den alle Kids des Landes hörten, sollte sich für die gute Sache zur Verfügung stellen. Tony Martin blieb unschlüssig. Er wollte die Sache der Kinder allein vertreten und nicht ein kleines Rädchen in einer Organisation werden.
»In Jugendorganisationen dressiert man Kinder, damit sie später genauso werden wie die Erwachsenen«, sagte er erleuchtet.
»Genau darin unterscheidet die ›Vorhut‹ sich von allen anderen Organisationen! Wir streben nämlich eine Welt an, die ganz anders ist.«
Aber Frederik Pfeiffer merkte schließlich, daß er mit Appellen an Tonys Idealismus nicht weiter kam, Phrasendreschen konnte der Talker selbst viel zu gut, man mußte ihn auf andere Weise ködern.
»Wenn Sie nicht mit uns arbeiten wollen, treten wir an andere Kinderbuchautoren heran.«

Pfeiffer nannte zwei drei Namen. Er sprach von Honoraren und Fringe Benefits, er sprach von der Gründung einer eigenen Fernsehgesellschaft, und Tony Martin wurde beim Zuhören schwindlig. Das alles sollte und durfte kein anderer Autor haben!

Pfeiffer hielt Wort, und Tony Martin merkte, was das Wort »Mega-Star« bedeutete. Er hatte nun seine eigene Promotions-Firma, er erhielt Body Guards und einen Bunker, und, wie versprochen, seine eigene Fernsehproduktion. Es wurde dafür gesorgt, daß er in allen Gremien und Beiräten saß, in denen es um Angelegenheiten von Kindern ging. Tony Martin rechnete sich aus, daß der nächste alternative Nobelpreis für Verdienste um die Rechte der Kinder an ihn gehen könnte.

Die Krise zwischen Tony Martin und der »Vorhut« kam, als der Talker sich weigerte, einen Text in seine Sendung aufzunehmen, den ein anderer geschrieben hatte. Immer hatte er seine eigenen Texte gesprochen, die Kinder liebten seine Texte, und deshalb würde er niemals Texte anderer Leute nachplappern.

Tony war sorglos. Alle, die einmal geglaubt hatten, es besser zu wissen und besser zu können als er, waren von der Bildfläche verschwunden. Der Regisseur war verschwunden, diese unsägliche »Kreative« war verschwunden – es hatte nur eines Fingerschnippens bedurft. Und diesmal würde es genauso sein. Als Pfeiffers »Kulturreferent« fortfuhr, ihn wegen dieser Sache hartnäckig anzulabern, warf er ihn einfach hinaus.

Frederik Pfeiffer wußte selbst sehr gut, daß die Kinder Tony Martins Botschaften liebten, so wie sie waren. Tony Martin traf damit den Nerv der Zeit: »Laßt euch von den Erwachsenen nicht krank machen! Immer wollen sie etwas von euch, immer wollen sie, daß ihr euch ändert! Ihr sollt genauso wer-

den wie sie! Aber wie sind die Erwachsenen denn? Seht sie euch doch an! Geldgierig, rücksichtslos, arrogant und machtgeil.«
So etwas hörten die Kids gern, und es gefiel Pfeiffer. Das war der richtige Geist. Aber diese Erwachsenen-Schelte konnte nur der Anfang sein, damit hatte Tony Martin den Boden für die »Vorhut« bereitet. Nun hieß es, den ersten Schritt zu gehen. Nach all der Eiapopeia-Anarchie brauchten die Kids jetzt ein Ziel und eine Aufgabe.

Schließlich ließ Tony Martin sich dazu überreden, seine Aktion »Adlerauge« zur Aktion »Argusaugen« auszubauen. Unter dem Titel »Adlerauge« sammelten die Kinder interessante Alltagsbeobachtungen und schickten sie an die »Wundertüte«; mit der besten Geschichte gewann man – na was wohl? – einen Besuch bei der MicMac-Show. In der Aktion »Argusaugen« sollten die Kinder nun melden, wenn sie beobachteten, daß Erwachsene etwas Böses oder gar Kriminelles taten: Müll auf eine wilde Deponie kippen oder Rohypnol an Süchtige verkaufen. Die Kids sollten Videoaufnahmen oder Fotos von den Verdächtigen machen, und die Bilder würden im Kinderkanal gezeigt werden.
Die Aktion »Argusaugen« war kein so großer Erfolg, wie Pfeiffer erwartet hatte, und zwar deshalb, weil Tony sich nicht nach einem fremden Drehbuch richten wollte und seinen eigenen Geist blitzen lassen mußte. Tony hatte den Kids also vorgeschlagen, zu jeder Hundescheiße auf Kinderspielplätzen den Verursacher auszuforschen und sodann ein Fähnchen mit dem Namen des Besitzers hineinzustecken. Die Aktion, der eine Flut von Anzeigen wegen Verleumdung, Rufschädigung und Tierquälerei folgte, war ein totaler Reinfall. Übrig blieb auch eine Masse frustrierter Kinder, die die Namen der Herrchen

und Frauchen erst herausgefunden hatten, als die Scheiße schon längst fortgeräumt war. Ganz zu schweigen von den Deppen, die in die Häufchen Wimpel steckten, auf die sie die Namen »Rex«, »Blacky« oder »Leila« geschrieben hatten.

Pfeiffer kam zu dem Schluß, daß Tony Martin unfähig war, strategisch zu denken. Seine Ideen waren kontraproduktiv; wenn überhaupt, so sollte man über die Erwachsenen lachen und nicht über die »Vorhut«. Die älteren Kinder hielten Tony Martin ohnehin für einen Lahm-Arsch, und ein Team von Pfeiffers Leuten testete deshalb längst andere Talker, die an seine Stelle oder wenigstens an seine Seite treten konnten. Ildiko Kiss gefiel am besten. Vor allem war sie zehn Jahre jünger als Tony und ließ ihn neben sich alt aussehen. Als ihm seine neue Assistentin vorgeschlagen wurde, roch T.M. den Braten natürlich sofort. Er wehrte sich nicht direkt gegen Ildiko, aber er haßte diese Zusammenarbeit, das war am Set deutlich zu merken und kam auch über den Bildschirm.

Es war eine unmögliche Situation, und Pfeiffer war drauf und dran, auf Tony Martin zu verzichten. Was er mit der »Vorhut« plante, war zu groß, um Zeit und Geld an einen eingebildeten Kinderonkel zu verschwenden, der einfach nicht schnallte, worum es bei der Sache ging. Auf der anderen Seite erschien es unklug und unökonomisch, »Mister MicMac« einfach zu ersetzen. Er bedeutete U.S.P., eine Unique Selling Proposition für Werbeminuten. Seine Popularität bei den jüngeren Kids war ein Giga-Kapital, und es wäre töricht gewesen, einfach darauf zu verzichten.

Ein kleiner Stab engster Vertrauensleute wurde gebildet, der »Tony Martin Brain Trust«, bald »TOMB« genannt. Der Tony Martin Brain Trust« hatte den strikt geheimen Auftrag, abzuklären, was vom Talker man künftig noch brauchen konnte und was nicht. Das Ergebnis der Beratungen war, daß man Tonys Namen brauchte und seine äußere Erscheinung, seine »Bildschirmpräsenz«, wie jemand es nannte. Der Rest war verzichtbar.

Tony Martin war Ende Zwanzig. Seine beste Zeit lag hinter ihm, das war zu merken. Pfeiffers »Einmischungen«, wie Tony es nannte, machten ihn nervös. Er hatte immer schon Appetitzügler genommen, jetzt schluckte er noch anderes Zeug, um seinen Stress und seine schlechte Laune zu überwinden. In jedem Bereich von Tony Martins kleinem Medien-Imperium hatte Frederik Pfeiffer seine Zuträger, die ihm getreulich über die Schwachstellen des Talkers berichteten. Aus diesen Mitarbeitern wurde nunmehr ein »Krisenstab« gebildet, der von Pfeiffer spezielle Instruktionen erhielt: »Setzt Tony noch mehr unter Zeitdruck! Noch mehr Auftritte, noch mehr Aufnahmen. Wenn er sagt, er schafft es nicht, dann schlagt vor, daß Ildiko für ihn einspringt. Wenn Tony so etwas hört, dann spurt er sofort. Und für den Fall, daß er einen Durchhänger hat, habt ihr immer ein paar Muntermacher zur Hand. Prozac, Speed – irgendwas.«

»Aber Tony ist strikt gegen Drogen. Die Vorhut übrigens auch«, gab ein Naseweis von der Öffentlichkeitsarbeit zu bedenken.

Frederik Pfeiffer blickte auf den jungen Mann – einen gewissen Arbogast Drexel – und dann auf alle übrigen Anwesenden, so als wollte er fragen: Was tut so ein Trottel im Krisenstab? Die Sekretärin der Promotionsfirma machte sich eine Notiz über die ehestmögliche Kündigung dieses Unglückswurms und erklärte ihm liebenswürdig: »Dann sind es eben keine Drogen, Arbo. Es sind Mittel, verstehen Sie? Sie verwenden einfach das Wort ›Mittel‹ dafür.«

Pfeiffers Anweisung war einfach und eindeutig. Tony Martin anstacheln, unter Druck setzen, unter Drogen setzen. Da der Talker außer seiner Arbeit nichts kannte – kein Privatleben hatte und keine Freunde -, war es leicht, einen Kokon um ihn zu spinnen. Wo immer er sich bewegte – ob im Studio, im Verlag, im Büro – Tony Martin war von Hektikern umgeben, die Glückspillen schluckten, sie ihm großzügig anboten, sobald er nur die Stirne runzelte, und die im übrigen den Stoff allerorten herumliegen ließen. Es war eine »Drogen-Szene«, die eigens für ihn inszeniert wurde. Sein Allgemeinzustand verschlechterte sich zusehends. Sein Hausarzt – Frederik Pfeiffer hatte vor einem Jahr die Freundlichkeit gehabt, Tony seinen eigenen Dottore zu empfehlen – behandelte ihn mit einer breiten Palette von Psychopharmaka. Da die Sendungen alle aufgezeichnet wurden, konnten Fehler und Umfaller problemlos korrigiert werden, so daß nichts von Tonys fortschreitendem Verfall an die Öffentlichkeit drang. Schließlich erlitt der Talker einen Kollaps und mußte ins Krankenhaus. Danach wurde er in eine Erholungsklinik geschafft und fand, daß er nach zehn Jahren Schuften einige Wochen Urlaub redlich verdient hatte. Und so trat Tony Martin in ein Land des Nebels und Vergessens ein, das er nicht mehr verlassen sollte.

Für die »Wundertüte« schuf der Ausfall des Bestseller-Autors weiters keine Probleme. Schon seit geraumer Zeit hatten sechs Mitarbeiter die Textproduktion der Bücher und Kassetten besorgt. Etwas Neues mußte man sich für die Fortführung der MicMac-Show einfallen lassen. Und hiefür hatte TOMB Vorsorge getroffen. Seit Monaten arbeitete ein Experten-Team im Auftrag des Brain Trust an einer Computer-Animation von Tony Martin. Unter dem Vorwand, daß sein Denkmal die nächste Kinderbuch-Messe zieren sollte, hatte man einen Gips-

abdruck von Tonys Gesicht hergestellt. Eine Zeitlang wurde mit dem Mimic Tracker experimentiert: Die Gipsmaske wurde auf eine Festplatte gescannt, mittels Computer zu einem Strukturgeflecht zerlegt und programmiert. Ein Mitarbeiter stülpte sich einen Datenhelm über den Kopf, und der Tracker übertrug seine Gesichtsbewegungen auf den synthetischen Tony. Es sah recht überzeugend aus, war aber viel zu aufwendig und schwerfällig. Während der echte Tony verfiel, arbeiteten die Experten fieberhaft weiter, und als der Moderator schließlich seinen Zusammenbruch erlitt, war es bereits gelungen, ihn mithilfe der Fernsehaufzeichnungen vollkommen zu digitalisieren. Er war programmierbar, er war sozusagen bereit, auf Sendung zu gehen.
Der digitale Talker war seinem lebenden Vorbild täuschend ähnlich, wenn er auch aussah wie Tony Martin nach einer Verjüngungskur. Er lächelte Tonys berühmtes Lächeln, sprach mit Tonys angenehmer Stimme. Er war vom echten Tony praktisch nicht zu unterscheiden. Und doch gab es zwei wesentliche Unterschiede: An den Auftritten des künstlichen Tony Martin arbeitete ein Team von erstklassigen Fachleuten und Kreativen, das beliebig ergänzt und erweitert werden konnte; der Talker hatte somit theoretisch unbegrenzte Talente und Fähigkeiten. Zweitens: Dieses Kunstprodukt tat und sagte ohne Widerrede genau das, was sein Team sich für ihn ausdachte – und was Pfeiffer vorgab.

Seinen ersten Auftritt hatte der digitale Tony Martin bei einer großen Weihnachtsgala. Man schrieb den 24. Dezember 1997. Am Ende der Sendung wandte der Talker sich wie stets an das Publikum zu Hause – in Großaufnahme –, um sein ganz persönliches Lächeln zu strahlen, sein ganz persönliches Wort zu sprechen.

He Fan, ich weiß, daß du jetzt einsam bist. Du denkst, du gehörst nirgendwo dazu. Glaub mir, es gibt viele Kinder und junge Menschen, denen es so gegangen ist wie dir. Und ich sage dir jetzt etwas, das ihnen geholfen hat, und das auch dir helfen wird.

Tony Martin stimmte das Lied der »Vorhut« an, das von nun an die Signation seiner Sendungen werden sollte.

Komm zur Vorhut, du gewinnst neuen Mut!

Komm zur Vorhut, und es wird alles gut...

Nach dem Abspann erschien auf dem Bildschirm die Nummer, unter der die Zuseher sich bei der »Vorhut« melden konnten. Der erste Anruf kam von Fredy Goll. Fredy wußte jetzt, wo er hingehörte.

Die Falle

»Es sieht ganz danach aus, als hätte man Tony Martin ermordet«, sagte Lilli Lobster.

Sie ließ die Bedeutung dieses Satzes bei ihren beiden Freunden einsinken. Stella hockte lässig und doch elegant auf Lillis Schreibtisch, Dodos Gestalt füllte den Bildschirm.

»Das Motiv? Höchstwahrscheinlich Rache, Wut, Neid. Du hast recht, Dodo, T.M. hatte eine Menge Feinde. Da ist dieser Carlos Comfit – dann André Bauer – Olympia Lory, naja, Olympia scheidet vielleicht aus, die schien noch am versöhnlichsten – aber immerhin hätten wir da noch Mario Bertini, das ist so ein furz-alter Fernsehclown –«

»Mario Bertini ist vor einigen Tagen gestorben«, berichtete Stella, »Terry und ich waren bei der Trauerfeier.«

Bei ›Terry und ich‹ fühlte Lilli wieder den Stachel der Eifersucht, aber sie blieb äußerlich gelassen. »Scheint, als ob der Mord an T.M. schon viel früher geschehen ist, schon vor etlichen Jahren, und danach vertuscht wurde. Der Talker wurde durch einen Doppelgänger ersetzt. So wie sie es früher mit den Königen gemacht haben – ich hab' das in einem Film gesehen.«

Daniel Dodo nickte. »Du hast es getroffen, Lilli. Tony Martin war ein König – ein König der Einschaltquoten. Hohe Einschaltquoten aber bedeuten Werbemillionen. Was ergibt sich daraus? Tony Martin brachte zu viel Geld ein, als daß man auf ihn hätte verzichten können.«

»Stimmt«, sagte Lilli. Seit ich regelmäßig die MicMac Show und ›D. J. Tony‹ und ›Der Komiker der Woche‹ sehe, weiß ich eine Menge über Windeln, Waschmittel, C.D.s, Computerspiele und Barbies neuen Lover. Übrigens hat Barbie jetzt zwei Kerle, habt ihr das gewußt? Möglicherweise ist der zweite Typ ja auch ihr Analytiker oder ihr Anwalt –«

»Und du hast auch jede Menge über einen Weltverbesserungsverein namens ›Vorhut‹ gehört, stimmt's?« unterbrach Daniel Dodo.

»Weltverbesserungsverein?« rief Stella, »Wenn ihr mich fragt, ist diese ›Vorhut‹ ein absolut reaktionärer Haufen! Mein kleiner Neffe wurde aus dem Zeltlager ausgeschlossen, weil er ein Aids-Bändchen trug; ist das zu fassen? Man wolle keine weltanschaulichen Kundgebungen. Da waren welche dabei, die haben SS-Runen eintätowiert! Ganz zu schweigen von ihren Ninja-Sternen, Schlagringen und Dolchen! Aber die durften bleiben. Also, ich möchte nicht wissen, was die Kids von der ›Vorhut‹ in diesen Trainingscamps trainieren! Und ich sage euch noch etwas: Wenn jemand Killerbienen organisiert und losschickt, dann ist es Pfeiffers Jungschar! Unlängst sind sie bei einem Retro Rave aufgekreuzt und haben eine Schlägerei angezettelt.«

»Was ist denn ein Retro-Rave?« wollte Lilli wissen.

»Naja, dort tanzt man ChaChaCha und Madison, und die meisten Leute sind über Sechzig.«

»Früher hieß so was Seniorentanz«, sagte Daniel Dodo.

»Stimmt, ist aber zur Zeit nicht günstig, es so zu nennen. Alles, was unter dem Titel ›Senioren‹ läuft, ist nachgerade lebensgefährlich geworden.« Stella ereiferte sich: »Seniorenfahrten zum Beispiel! Fällt euch nicht auf, daß in letzter Zeit immer wieder Reisebusse mit alten Menschen in den Abgrund rasen und ausbrennen? Das ist doch sicher kein Zufall.«

»Retro-Raves scheinen aber auch nicht viel sicherer zu sein«, wandte Lilli ein.

»Aber dort kann man sich besser wehren als in so einem rollenden Sarg! Und ich zeige den Leutchen auch gern ein paar Tricks. Man hält es nicht für möglich, aber manche von ihnen sind richtig begabt für Kickboxen –«

»Kampfsportverband ›Vorhut‹ gegen Kampfsportverband – wie nennt ihr euch: ›ChaChaCha‹?«

Daniel Dodo hob beschwichtigend die Hände. »Tony Martin ist jedenfalls die Galionsfigur der ›Vorhut‹, das wollen wir einmal im Auge behalten.«

Lilli nickte. »Richtig. Deshalb singen sie immer dieses Tatatü-Lied am Ende der MicMac Show: ›Komm zur Vorhut, und es wird alles gut‹!«

Lilli Lobster tat, als wüßte sie längst Bescheid über Tony Martins Naheverhältnis zu der zweifelhaften, gerüchteumwobenen Jugendorganisation. Tatsache war jedoch, daß Lilli es bis zu diesem Zeitpunkt vermieden hatte, Zwei und Zwei zusammenzuzählen und einen Zusammenhang zu erkennen, der förmlich ins Auge sprang. Stattdessen hatte sie sich eingeredet, beim Absingen der »Vorhut«-Hymne handle es sich um eine mehr oder minder plumpe Form von Product Placement. Schließlich machte jedermann in jeder Sendung direkt oder indirekt für irgend etwas Werbung. Dazu war Fernsehen ja da. Dodos Worte zerrissen den Schleier vor ihren Augen. Der verschwundene und doch allgegenwärtige Talker war das Aushängeschild der »Vorhut«, einer – wie gemunkelt wurde – kryptofaschistischen, paramilitärischen Jugendorganisation. Das gab der ganzen rätselhaften Geschichte eine neue Dimension.

Daniel Dodo fuhr fort, laut nachzudenken: »Nehmen wir an, Tony Martin ist wirklich ermordet worden – oder er wurde auch nur auf irgendeine Weise aus dem Verkehr gezogen. Al-

lem Anschein nach hat man eine Computersimulation von ihm hergestellt, und dieses Kunstwesen wird jetzt an seiner Stelle gesendet –«
Stella unterbrach ihn: »Das würde erklären, warum es keine Life-Events mit T.M. gibt. Früher hatte er jeden Tag irgendwo seinen Auftritt, das hab' ich gecheckt! Preisverleihung, Bücherverlosung, Kinderparlament – Tony Martin war Schnittlauch auf allen Suppen.«
»Und dann, vor sieben Jahren –«
»Sechseinhalb, um genau zu sein –«
»– verschwindet T.M. aus der Öffentlichkeit«, sagte Lilli triumphierend.
»Nicht nur aus der Öffentlichkeit, man sieht ihn auch im Underground nicht«, ergänzte Stella. Underground – die Welt außerhalb von Kontrolle und Kommerz – war Stella Walruskis Spezialität.
»Aber T.M. verschwindet keinen Tag vom Bildschirm«, nahm Daniel Dodo wieder das Wort, »im Fernsehen ist und bleibt er allgegenwärtig. Euch ist sicher aufgefallen, daß man den Talker in der Show niemals mitten unter seinen Zuschauern sieht. Alles, worauf die Kids starren, sind diese Monitore. Und wenn die Kamera Tony Martin groß im Bild hat, sind keine Zuschauer zu sehen.«
»Die Aufnahmen von T.M. vor wechselndem Studio-Hintergrund sehen nach Blue-Box-Verfahren aus«, sagte Stella fachmännisch.
»Unglaublich, daß all die Jahre über niemand Verdacht geschöpft hat!« rief Lilli, »Waaahh, das ist eine ganz heiße Story!«
»Wenn jemand diese Story gecheckt hat, so hat er darüber jedenfalls den Mund gehalten.«
»Oder ist zum Schweigen gebracht worden«, fügte Stella hinzu.
»Fassen wir zusammen«, sagte Daniel Dodo, »Tony Martin ist

eine Computer-Animation, ohne eigenen Geist und eigenen Willen. Und hinter diesem digitalen Geschöpf steckt Frederik Pfeiffer. Mit Tony Martin hat er die Kids.«
»Nicht nur die Kids« gab Lilli zu bedenken, »Der Kerl – oder dieses künstliche Ding – ist so mega-cool, daß nicht nur Siebenjährige, sondern auch Siebzehnjährige auf seine Show abfahren«.
»Und die gehen her und mischen Retro-Raves auf!« erinnerte Stella.
Lilli Lobster seufzte tief. Der Schwarm ihrer Kindertage, die erste Liebe ihres Lebens, war nicht nur höchstwahrscheinlich heimtückisch gemeuchelt worden, er wurde seither auch mißbraucht – mißbraucht für eine Sache, die so abgründig war, daß Lilli sie sich am liebsten gar nicht ausmalte. Vielleicht war sie deshalb auch blind und taub gewesen für die vielen Hinweise, die es in Tony Martins Shows gegeben hatte.
Sie dachte an die brutalen Witze des Talkers –
Großes Kannibalen-Picknick. Jeder muß etwas mitbringen. Ein Kannibale kommt mit Bananen, ein anderer mit Palmwein, und Mbuto Mtoto schleppt eine Urne heran.
He, spinnst du? Was sollen wir denn mit einer Urne auf einem Picknick?
Daraufhin klopft Mbuto Mtoto auf den Urnendeckel, leckt sich die Lippen, grinst über das ganze Gesicht und sagt: Ist guuut! Ist Instant-Mensch!
Altenfeindliche Sprüche fielen Lilli ein, bei denen einem grauen konnte, wenn man sie wörtlich nahm.
Legst du Feuer in der Gruft, sind die Mumien schnell verpufft.
Sie dachte an die »Komiker der Woche«-Schiene. Wer waren denn diese »Komiker« gewesen: Ein abgetakelter Popsänger, der durch die Dörfer tingelte, ein fieser Schuldirektor, eine Familienministerin mit etwas unglücklicher Amtsführung, ein

trotteliger Kardinal, ein Maler, der Anzeige gegen eine Jugendbande erstattete, nachdem die Kids seine abstrakten Gemälde beschmiert hatten...

(T.M. sarkastisch:) *Viktor Humboldt ist Künstler. Er malt. Man könnte auch sagen: Er beschmiert Papier oder Leinwand oder sonst einen Stoff mit Farben. Etwa so* – (Bild)

Nun haben Kids sich einen Spaß erlaubt und die Schmierereien von Mister Humboldt nochmals mit Farben überschmiert. Man könnte auch sagen: übermalt. Nun sieht das Ganze so aus – (Bild)

(T.M. hohntriefend:) *Also ich merke hier nicht viel Unterschied. Für unseren Mister Humbug – pardon, Humboldt – aber ist es ein Unterschied von zwei Millionen. Ihr habt euch nicht verhört. Zwei Millionen! Um so viel sind seine Bilder jetzt weniger wert, behauptet er. Zwei Millionen verlangt er für etwas, das jemand anderer außer ihm gar nicht erkennen kann, nämlich einen Schaden. Man könnte sogar sagen, das Bild sei jetzt viel interessanter und lebendiger.*

(T.M. heuchlerisch:) *Und nun zeige ich euch noch ein Bild. Ist es ein Viktor Humboldt vor der Übermalung? Nach der Übermalung?*

(T.M. triumphierend:) *WEDER NOCH! Dieses Bild hat Nancy gemalt. Nancy ist eine zweijährige Schimpansin und lebt im Bronx Zoo. Sie beschmiert gern Papier mit Farbe. Es sieht fast wie ein echter Viktor Humbug aus, nicht wahr?*

Und so wie der unglückselige Maler wurden alle die »Komiker der Woche« von Tony Martin mit Spott und Hohn übergossen – rücksichtslos niedergemacht, als wären es keine Menschen, sondern Außerirdische wie die Hexe Rita in »Power Rangers«. So verschieden die »Komiker« waren – eines hatten sie alle gemeinsam: Sie waren alt.

Lilli hörte Daniel Dodo sagen: »Halt dich da lieber raus, die ›Vorhut‹ ist eine Nummer zu groß für dich.«
»Du glaubst, ich könnte auch – zum Schweigen gebracht werden?«
Dodo nickte. Auch der Schutzengel nickte.
Wieder seufzte Lilli Lobster abgrundtief. Zum Schmerz über die Schändung ihres Schwarms kam die Trauer über die tolle Story, die sie sich entgehen lassen mußte. Es war wirklich eine mega-geile Story! Früher pflegte Lilli zu verkünden, daß sie für eine geile Story ihre Großmutter verkaufen würde. Aber nun hatte sie keine Großmutter mehr, und es würde ihr womöglich selbst an den Kragen gehen. Was für wunderbare Aufmacher das gegeben hätte: »Digitaler Animat hält die Fernsehnation zum Narren! Nein, noch schöner: »Digitale Marionette narrt die Fernsehnation«...
Daniel Dodo stimmte ihr zu: Großartige Schlagzeilen wären das gewesen! Nur daß Lilli eben bedenken sollte, wer diese Marionette geschaffen hatte, und wer bei ihr die Fäden zog.
Der Anwalt dachte an die politischen Konstellationen, in die eine solche Enthüllung platzen würde. Noch mochte die »Vorhut« ohne allzugroße Bedeutung sein, noch verkündete Pfeiffer lauthals, daß er mit Parteipolitik nichts zu tun haben wolle. Doch zugleich war es Frederick Pfeiffer durch jahrelange Wühlarbeit und medialen Druck nunmehr gelungen, Politiker und öffentliche Meinung für sein größtes strategisches Ziel weichzuklopfen: die Herabsetzung des Wahlalters auf vierzehn Jahre. Wenn diese Gesetzesänderung im Parlament durchging, dann würde Pfeiffer sofort eine politische Partei gründen – die Stimmen der Kids waren ihm sicher. Und es würde ihm wenig schmecken, wenn jemand einen Fernseh-Skandal aufdeckte, der seine Glaubwürdigkeit in Frage stellte oder zerstörte.
Lilli wußte, daß die Freunde recht hatten, und sie besser ihre

Finger von dieser Geschichte ließ. Andererseits – konnte sie denn jetzt so einfach zur Tagesordnung übergehen? Im Büro herumhängen, die Kurzschlüsse zählen und warten, bis wieder einmal ein Fall hereinschneite? Sie konnte es nicht. Der Fall Tony Martin war bis jetzt ja noch gar nicht sauber recherchiert! Es gab noch zu viele Lücken, zu viele Vermutungen! In einem solchen Stadium der Untersuchung hätte ein Hercule Poirot noch nicht einmal den Mund aufgemacht!

»Würdest du mir einen großen Gefallen tun, Daniel Dodo?«

»Jederzeit!« sagte er herzlich.

»Falls mir etwas zustößt, versprich mir, daß du Mimsy, Nada und Lujo zu dir nimmst! Meine Mutter haßt Katzen, mein Vater wäre zu geizig, sie zu füttern, und meine Monsterbrüder würden sie in die Waschmaschine stecken oder an Satanisten verkaufen. Am sichersten wären M, N und L bei dir aufgehoben«.

Daniel Dodo fühlte sich in die Enge getrieben »Aber – brauchen die nicht furchtbar viel Bewegung?«

Lilli, die damit gerechnet hatte, daß der Freund sofort bereitwillig zustimmen würde, war perplex. »Was ist das für eine blöde Frage! Gassi gehen brauchst du nicht mit meinen Katzen, dafür haben sie Kistchen!«

»Aber man muß sich Tieren doch irgendwie widmen, und ich habe sehr viel zu tun!« stammelte Dodo.

Es war die pure Wahrheit, aber Lilli nahm sie ihm nicht ab. Wie konnte Dodo viel zu tun haben, wenn sie ihn in die Leitung kriegte, sooft sie nur wollte?! Selbst die Leitung ihrer Mutter, die ja nun wirklich nicht zu den Erfolgsmenschen zählte, war ständig besetzt!

Der Fachwelt ist dieses Phänomen als »Groucho-Marx-Syndrom« geläufig: Ein Klub, der jemanden wie mich aufnimmt, kann kein wirklich guter Klub sein. Lilli war in ihrem Innersten felsenfest davon überzeugt, daß jemand, der sich ständig und geduldig mit ihr abgab, wie Daniel Dodo, einfach keine wirklich wichtige und bedeutende Person sein konnte und vermutlich ohnehin nicht wußte, was er sonst mit seiner Zeit anfangen sollte.

»Ich bin sicher, Terry würde gern deine Katzen nehmen« sagte Stella beschwichtigend und brachte Lilli damit nur noch mehr in Harnisch.

»Du mußt mir nicht ständig unter die Nase reiben, daß du in Oma Adler verknallt bist!«

Das waren also ihre Freunde! Der eine hatte sofort Ausreden zur Hand, wenn sie einmal einen mikro-winzigen Gefallen von ihm wollte, der andere verliebte sich Hals über Kopf in eine Greisin! Sie ließen sie im Stich.

Gut. Auch schön. Alle Superdetektive wurden letztlich im Regen stehengelassen, wenn High Noon kam.

»Na schön! Abgemacht, Stella: Wenn mir etwas passiert, kommen die Katzen zu Terry Adler«.

»Sag uns, was du unternehmen willst«, bat Daniel mit kummervoller Miene. Es schien ihm schon leid zu tun, daß er so ekelhaft gewesen war. ›Zu spät‹, dachte Lilli, ›zu spät!‹

»Also gut. Olympia Lory verfügt über irgendwelche Informationen. Und ich werde sie aus ihr herausquetschen. Diese Lady ist mit allen Wassern gewaschen, aber ich denke, ich weiß, wie ich sie nehmen kann.«

Dodos Miene wurde noch um einen Grad besorgter. »Sei bitte vorsichtig, Lilli! Erpressung kann dir fünfzehn Jahre einbringen.«

»Daran hab ich nicht im Traum gedacht«, log sie.

»Du mußt uns jedenfalls auf dem laufenden halten«, mahnte der abtrünnige Schutzengel, »Und wenn du mich brauchst, wenn du möchtest, daß ich dich wohin chauffiere, rufst du an, ja?«

»Wird gemacht«, sagte Lilli, »Ich setze mich mit dir in Verbindung, wenn ich etwas brauche.«

»Du kannst mich jederzeit erreichen! Außer – äh – heute abend, da flattern Terry und ich ins Theater, und ich darf das Handy nicht mitnehmen. Könnte stören, verstehst du?«

»Aber klar doch!« versicherte Lilli und lächelte zuckersüß, »Was seht ihr euch denn an? ›Totentanz‹? ›Der Besuch der alten Dame‹?«

»›Frühlingserwachen‹.« sagte Stella und lächelte zurück.

»Stella hat recht. Du mußt uns über jeden deiner Schritte informieren«, sagte Daniel Dodo ernst.

»Hm.« machte Lilli. Sollte sich nur Sorgen machen, der Dicke!

Nachdem Dodo aus der Leitung war und Stella davongeflattert, fütterte Lilli ihre Katzen. Dann spielte sie mit Lujo, kraulte Nada, bürstete Mimsy. Jede Katze hatte ihre speziellen Erwartungen. Schließlich entschlummerten die drei auf ihren Lieblingsplätzen. In tiefem Vertrauen darauf, daß Lilli Lobster immer für sie da war und für sie sorgte.

Vor ihrem nächsten Schritt hatte Lilli ziemlichen Schiß. Es konnte ja sein, daß sie sich damit alles vermasselte. Dann hatte sie nicht nur keine Story; die andere Seite war auch gewarnt und würde ihre Gegenmaßnahmen ergreifen. Der unwiderstehliche Drang nach Tröstung und Stärkung befiel Lilli Lobster. Sie atmete tief und wählte dann Tabea Sonnenschein.

»Ich habe ein Problem, Tabea.«

Es wird dich sicher erleichtern, darüber zu sprechen, sagte die Seelentrösterin freundlich.

»Ich weiß nicht, wie ich es dir erklären soll – also, ich bin wahrscheinlich im Begriff, eine ultimative Unvorsichtigkeit zu begehen, aber wenn ich es nicht tue, dann – werde ich mich vielleicht mein Leben lang ärgern, daß mir eine große Geschichte durch die Lappen gegangen ist, verstehst du?«

Leider nein. Willst du mir nicht Näheres darüber erzählen –

»Geht nicht. Berufsgeheimnis. Aber ich will versuchen, es dir mit einem Bild zu beschreiben, Tabea. Ich bin drauf und dran, in einen tiefen, dunklen, unheimlichen Keller zu steigen, und unten werde ich womöglich eine Leiche finden. Vielleicht bin ich dann bald auch selbst eine Leiche –«

Du gehst also ein großes Risiko ein –

»Naja – immerhin bin ich Detektivin. Ich brauche sozusagen irgendwann einmal irgendein Verbrechen – zumindest eine Story. Das gehört zum Berufsbild! Was geschah wirklich mit Tony Martin? Das ist doch eine Nummer größer als ewig nur verschwundene Katzen! Wenn ich herausfinde, was dahintersteckt, bin ich eine gemachte Frau. So oder so, verstehst du, Tabea? Ich bin saniert. Ob ich die Geschichte nun an die Öffentlichkeit bringe, oder ob ich den Mund halte, Geld wäre auf jeden Fall drinnen. Das Ganze ist natürlich streng vertraulich«, setzte Lilli etwas spät hinzu.

Du bist also einer großen Sache auf der Spur, und du glaubst, es könnte gefährlich für dich werden.

»Einer Mega-Sache, und es könnte mega-gefährlich werden«, präzisierte Lilli. »Und die einzige Person, die mir im Augenblick weiterhelfen kann, diejenige, die den Kellerschlüssel hat – um beim Bild zu bleiben -, steckt womöglich auch knietief in der Geschichte drinnen.«

Tabea Sonnenschein sagte das Gleiche wie vorhin Daniel Dodo und Stella: *Halte mich auf dem Laufenden, meine Liebe. Wenn du eine konkrete Spur hast, teile sie mir mit. Auf diese Weise kannst du dir eine Rückversicherung verschaffen, für den Fall, daß man dich bedroht.*

Lilli war dankbar für den Rat. Tabea Sonnenschein, fand sie wieder einmal, war ihr Honorar wirklich wert.
Olympia Lory nahm sich abermals Zeit für ein Gespräch. Schon das machte sie natürlich verdächtig. Doch obwohl Lilli Olympias Herzlichkeit für ebenso falsch hielt wie die Farbe ihrer Löckchen, konnte sie sich dem Charme dieser Frau nicht entziehen. Olympia war so interessiert, so teilnahmsvoll – ohne zu merken, wie ihr geschah, sprach Lilli schließlich offen über ihre Theorie: Tony Martin eine Computer-Animation, der echte Talker aus dem Weg geräumt.
»Ts ts«, machte Olympia, »Aus dem Weg geräumt ist vielleicht ein zu harter Ausdruck. Das klingt ja, als hätte man ihn abgemurkst! Ich kann Ihnen versichern, Tony Martin wurde kein Härchen gekrümmt.«
Lilli riß es fast vom Stuhl. »Wollen Sie damit sagen, er lebt noch? Und daß Sie wissen, wo er ist?!« (Was mache ich nur, wenn Olympia jetzt sagt, er ist auf den Seychellen?)
»Tony Martin befindet sich in einem Sanatorium, Lilli. Er ist etwas pflegebedürftig, aber wohlauf.«
»Ja, aber – also ich würde wahnsinnig gern mit ihm sprechen. Können Sie mir verraten, welches Sanatorium es ist?«
Wie bei ihrem ersten Gespräch schien Olympia Lory sich köstlich zu amüsieren. »Verraten? Ja, warum denn nicht?« Sie nannte eine Adresse.

Lilli Lobster wußte, daß sie mit diesem Ausflug besser wartete, bis Stella sie chauffierte; mit seiner großen Limousine, seinem Navigationssystem, seiner Infrarot-Kamera, seinem Witz und seiner Muskelkraft. Und unter normalen Umständen hätte nichts und niemand Lilli dazu gebracht, allein zu einem derartigen Unternehmen aufzubrechen. Aber ihre Spannung war auf einmal unerträglich. Sie konnte nicht endlos lange leere Stun-

den warten, bis ihr Schutzengel »Frühlingserwachen« abgesessen, ein kleines Dinner eingenommen, Terry nach Hause gebracht, und eine Runde durch diverse Klubs gemacht hatte, um dann endlich wieder zu ihrer Verfügung zu stehen.
Aufgeregt wählte sie Daniel Dodos Anschluß. Der meldete sich nicht. Auch sein Anrufbeantworter war nicht eingeschaltet. Das war überhaupt der Gipfel! Der Dicke wußte doch, daß sie drauf und dran war, etwas Lebensgefährliches zu unternehmen, trotzdem blieb er nicht einmal auf Station, um ihren Anruf zu erwarten! So viel zur Zuverlässigkeit und Verfügbarkeit ihrer sogenannten Freunde!
Dann besann Lilli Lobster sich auf den Rat von vorhin und wählte abermals Tabeas Nummer. »Also es ist so weit, ich habe eine Adresse bekommen. ›Zipfelruh‹ in der Jägerweile 420.«
Klingt eigenartig, ist dort denn dieser dunkle Keller?
»Es muß ein Sanatorium sein – äh – ich wollte sagen ›Wipfelruh‹ in der Jägerzeile. Wahrscheinlich irgendwo an einem Waldrand.«
›*Wipfelruh*‹, *in der Jägerzeile 420*, wiederholte Tabea Sonnenschein getreulich.
»Sollte ich mich in den nächsten vierundzwanzig Stunden nicht melden, verständigen Sie meinen Freund Stella Walruski.« Lilli gab Tabea Sonnenschein Stellas Nummer. Ein letztes Mal (vielleicht zum allerletzten Mal) streichelte sie ihre Katzen und verließ dann schweren Herzens ihr – wenn auch funktionsgestörtes und vergammeltes, so doch gemütliches und heimeliges – Büro.

Während der langen Fahrt versuchte sie nochmals, Dodo zu erreichen – nur um zu entdecken, daß auch das Handy den Geist aufgegeben hatte.

›Man soll nichts Gebrauchtes kaufen!‹
Bitter bereute Lilli jetzt, niemals ein Survival Training absolviert zu haben, das im Detektiv-Kurs zur Grundausbildung gehörte. Sie hatte es geschwänzt.
Die Schnellbahn war voll abschreckender Gestalten, die Zigaretten qualmten und mürrisch vor sich hin starrten. Der Tageszeit entsprechend, waren es wohl arbeitende Menschen auf dem Weg nach Hause. Während IHR Weg sie ins Ungewisse führte und ihre Arbeit erst anhub. Lilli war vollauf damit beschäftigt, sich selbst zu bemitleiden. Noch dazu sank die Sonne. Es würde dunkel sein, wenn sie »Wipfelruh« erreichte. Ein Sanatorium in einem dunklen, nächtlichen Wald! Sie mußte noch eine Fahrt mit dem Bus anhängen, wobei sie einen mehr als merkwürdigen Blick des Fahrers erntete, als sie ihm ihre Destination nannte, dann war sie da. Statt eines Hinweisschildes gab es eine Leuchttafel mit der lyrischen Inschrift: »Über allen Gipfeln ist Ruh. In allen Wipfeln spürest du kaum einen Hauch. Die Vögelein schweigen im Walde. Warte nur balde ruhest du auch«.
Das sollte wohl beruhigend sein.

In der Rezeption des Sanatoriums fragte Lilli nach Tony Martin. Als dabei nichts herauskam, änderte sie ihre Frage ab auf Toni Maier. Dann zeigte sie das alte Bildchen von T.M., mit dem Stella seinerzeit von Rave zu Rave gerauscht war. Die Empfangsschwester zuckte die Achseln, hier sei kein Klient dieses Namens gemeldet, sie würde jedoch in der Verwaltung nachfragen. Wieder tippte sie ein paar Worte in den Computer, las die Antwort und lächelte dann liebenswürdig: »Warten Sie hier«. Lilli lächelte lieblich zurück –
›Na bitte, das geht ja wie geschmiert!‹
– und wartete. Vor ihr war ein Videofon. Ob sie es nochmals

bei Dodo versuchen sollte? Nun müßte er doch längst wieder an seinem Terminal sitzen.
Und so jemand behauptet, sich niemals vom Computer fortzubewegen! War vielleicht nur mal aufs Klo gegangen. Oder hat er ein eingebautes Klo in seinem kolossalen Sitzmöbel?
Lilli grinste. In diesem Augenblick kam eine schicke Lady und bat sie, ihr zu folgen. Lilli folgte, und die Türen von Wipfelruh schlossen sich, bildlich gesprochen, nunmehr auch hinter ihr.
Lilli Lobster landete in einem lindgrün möblierten Raum, dessen Wände bedeckt waren von einer Fototapete mit Waldlichtung. In dieser nervenschonenden Umgebung sollte sie die nächsten Tage verbringen. Unfreiwillig.

Die Ärztin, die schließlich kam, war freundlich und von Lillis Forderungen und Drohungen völlig unbeeindruckt. Sie erklärte, daß Lilli wegen ihrer akuten Angstneurose einige Zeit zur Beobachtung hier bleiben müsse. Lillis erster verwirrter Gedanke war, daß ihre Mutter sie an diese Zwangsanstalt ausgeliefert hatte. Nur sie wäre imstande, Lillis kleine Eigenheiten als »Angstneurose« zu bezeichnen! Doch Mutter hatte ja keine Ahnung, daß ihre Tochter nach »Wipfelruh« fahren würde, das wußte nur – Tabea. Wie ein Grauschleier legte die Einsicht sich auf Lillis Gemüt: Tabea Sonnenschein war ein Spitzel! Gab es nicht dieses Gerücht, wonach der gesamte interaktive Dienstleistungssektor von Spitzeln durchseucht war?
›Verdammt! Das ist nun meine Rückversicherung!‹

Abgesehen davon, daß man Lilli nicht ziehen ließ, wurde sie im Sanatorium ordentlich behandelt und konnte sich innerhalb der Anstalt sogar frei bewegen. Das Essen war so lecker, daß es Lilli bald egal war, welche Psychopharmaka es enthalten mochte. Leider waren alle Videofone nur Hausleitungen. Und keiner der Computer, die sie sah, hatte ein Modem fürs Internet. Die einzige Kommunikationsmöglichkeit mit der Außenwelt bot ein sogenanntes Besucherzimmer, dort hinein durften aber nur diejenigen Patienten, die Besuch bekamen, und es kam kein Besucher für Lilli. Im Fernsehen konnten beinah alle Kanäle empfangen werden, die Leitungen waren aber nicht interaktiv. Lilli konnte Tabea zwar anwählen, aber nicht beschimpfen. Vielleicht war es besser so. Auch den Kinderkanal kriegte man hier nicht herein. Offenbar bestand kein Bedarf. »Wipfelruh« war vor allem mit Oldies und Ur-Oldies belegt. Und die hätten Sprüche wie »Legst du Feuer an die Gruft« bestimmt nicht cool gefunden.

Als Lilli Lobster rastlos suchend durch die Kanäle zappte, fand sie plötzlich Tony Martin. Einen gealterten Tony Martin! Den Echten! Schwache Ähnlichkeiten mit seinem jugendlichen Double waren noch zu erkennen, aber Echt-Tony war ein totales Schlappi geworden: Tränensäcke so groß wie Melonen! Ein Wabbelkinn! Der Bauch hing ihm über die Hosen! Und überhaupt: Welches Furz-Studio produzierte eine Sendung, in der ein welker, halb abgestorbener Talker Witze aus der Steinzeit vortrug?
Ein Mann geht auf der Straße und findet einen Eisbären – Er ruft also bei der Polizei an: He, ich hab' da einen Eisbären gefunden. Was soll ich mit ihm machen?
Na, bringen Sie ihn in den Zoo, Mann!
Am nächsten Tag ist der Anrufer wieder am Apparat: Also, ich hab' da auf der Straße einen Eisbären gefunden. Was soll ich mit ihm machen?
Hab' ich Ihnen doch gesagt, Mann: Bringen Sie ihn in den Zoo!
Geht nicht! Da sind wir schon gestern gewesen!

Lilli kannte den Witz. T.M. hatte ihn schon vor vielen Jahren erzählt.
Schließlich begriff Lilli, daß dieses sonderbare Studio sich mitten in »Wipfelruh« befinden mußte.
Ein bißchen Herumschnüffeln und Herumfragen bei den anderen Patienten genügte, und sie fand das »Studio«. Es war nichts weiter als ein Freizeitraum, der von einigen zusätzlichen Halogen-Leuchten erhellt wurde. Ein gewisser Arbogast Drexel war für die Ausleuchtung und Kameraführung zuständig. Das Ganze war als »Modellversuch zur Reaktivierung und Stimulierung der Patienten« aufgezogen. Doch T.M. schien nicht der richtige Mann zu sein, um neues Leben in die Ruinen zu bringen. Senioren und Seniorinnen in Schlafrock und Pantoffeln hockten im lindgrünen Gestühl und waren ganz still und reglos. Tony Martins Auftritt schien bei ihnen eher einen Starrkrampf auszulösen, oder sie besannen sich auf eine Art lebensrettenden Totstell-Effekt.
Oder kennen Sie den: Sagt ein Junge zu einem anderen Jungen: Schau, da liegt ein Präservativ auf dem Trottoir –«
T.M. wäre es natürlich lieber gewesen, die Leute hätten sich über seine Witze totgekichert. Er selbst ging mit gutem Beispiel voran, lachte prustend, warf die Arme durch die Luft, versuchte alles, um sein Publikum mitzureißen, es wenigstens zu provozieren – *He Opa, du guckst, als hättest du was verloren! Laß mich raten: Du hast heute morgen dein Gebiß nicht gefunden. Oder – nein, warte: Sie haben dich gestern lobotomisiert? Gib's zu: Bei dir fehlen doch ein paar Ganglien! Oder, wie der Mechaniker zu sagen pflegt: Bei dir ist doch ein Rad ab –*
Der solcherart Geneckte verzog keine Miene. Verkalkung? Taubheit? Was auch immer, es war vermutlich in dieser Situation ein Segen.
Und nun machen wir ein schönes kleines Ratespiel, wenn ihr

nicht alle den Verstand beim letzten Eingriff abgegeben habt – fuhr Tony Martin mit gnadenloser Munterkeit fort.
Also, die Frage lautet: Was tut das Abschiednehmen? Und was folgt auf ›Au‹?
Stille.
Tonys Grinsen war so jammervoll, daß Lilli sich nicht beherrschen konnte und die richtige Antwort rief: »Weh!«
Es war, als hörte der Talker den Klang einer anderen Welt, denn er horchte ihm noch nach, als Lilli den Raum längst verlassen hatte. Weh – Weh – Weh.
Stella Walruski hatte ja so recht gehabt: Es war traurig, seinen Gott im Altersheim wiederzutreffen.
Später fragte Lilli die Nachtschwester, was Lobotomie bedeutete und erschauerte.

In den nächsten Tagen kam sie mit Arbogast Drexel ins Gespräch und hörte die Geschichte von Tony Martins »Drogenbehandlung«. Das Puzzle fügte sich zusammen. So freimütig, wie der straighte kleine Held ihr diese Story erzählte, so hatte er sie wahrscheinlich auch anderen anvertraut. Bis er sich schließlich in »Wipfelruh« wiederfand.
Die Arbeit an der »Tony Martin-Show« mache ihm viel Freude, sagte Arbogast Drexel. Beim letzten Modellversuch seien die Patienten motiviert worden, Grimms Märchen nachzuspielen, da sei aber weniger los gewesen. Weniger Action!
Lilli nickte, obwohl es schwer vorstellbar war. Hatten wohl das Märchen vom versteinerten Wald aufgeführt!

Am vierten Tag erhielt Lilli Lobster endlich Besuch. Man wies sie in einen Raum, an dessen Wänden große Mattscheiben angebracht waren. Von einem der Bildschirme leuchtete Daniel Dodos Mondgesicht. Er hatte sie endlich gefunden!

Als von Lilli zwei Tage lang nichts zu hören gewesen war, hatte Dodo mit Stellas Hilfe ihre Tür aufgebrochen und war in ihr Büro eingedrungen –

»Du bist was?«

»Ja, ich bin – glaubst du, ich bleibe ruhig zu Hause sitzen, wenn du verschwindest?«

Lilli brach in Tränen aus. Daniel Dodo räusperte sich und fuhr fort zu erzählen, wie es schließlich ihren kombinierten Anstrengungen, vor allem aber Stellas technischem Genie, gelungen war, die Spuren von Lillis letzten Ferngesprächen sichtbar und hörbar zu machen – ihre Reifenspuren auf dem Datenhighway gewissermaßen. »Die Schall- und Lichtimpulse bleiben nämlich noch einige Zeit wahrnehmbar, ehe sie quasi verlöschen«. Voll Genugtuung beschrieb Daniel Dodo das komplizierte Verfahren und den damit erzielbaren »Löschblatt-Effekt«.

»Wir konnten gerade noch schwache Impulse fixieren – ein Tag später, und wir hätten wahrscheinlich nichts mehr gefunden. Die Impulse mußten dann nur noch verstärkt werden, und wir bekamen eine Aufzeichnung deiner Gespräche –«

»Du mußt mich hier rausholen, Dodo! Sofort!«

»Es ist nicht so einfach, wie du dir das vorstellst, Lilli. Den Antrag für die Entlassung müßte deine Mutter stellen –«

»Und? Warum tut sie es nicht?«

Er zuckte die Achseln. »Ich habe es ihr nahegelegt. Aber deine Mutter findet offenbar, ein bißchen Erfahrung mit der Außenwelt könnte dir nicht schaden.«

»Glaubt sie denn, daß durch Freiheitsentzug meine Angstzustände vergehen? Woher wissen die hier überhaupt, daß ich Angstzustände habe?!«

»Wer hätte heutzutage keine«, sagte Dodo.

»Und was ist mit meinen Katzen? Hat Terry sie genommen?«

»Ja und nein. Hör zu, Lilli, und reg dich nicht auf: Auf Terry und Stella ist vor etwa drei Stunden ein Anschlag verübt worden. Jemand hat einen Molotow-Cocktail in den Chevy geworfen. Ohne Verdeck herumzukutschieren, ist viel zu gefährlich bei all dem, was heutzutage durch die Luft fliegt. Die Petycoats von Mister Walruski haben Feuer gefangen –«
»Du lieber Gott!« schrie Lilli.
»Nein, nicht aufregen! Stella ist praktisch nichts geschehen. Er ist ein bißchen angesengt, und sein neuestes Flügelkleid ist im Eimer. Terry Adler ist bei dem Bremsmanöver gegen die Scheibe gekracht – nicht angegurtet unverantwortlicherweise – sie hat eine Beule auf der Stirn und ein blaues Auge. Also, glücklicherweise ist keiner von beiden ernsthaft verletzt, aber nun sind sie vorsichtshalber untergetaucht.«
»Und die Katzen? Wo sind meine Katzen?!«
»M, N und L sind zur Zeit bei mir und vertilgen meine Fritten.«
»Dodo! Pommes sind viel zu fett und gesalzen für die Katzen! Du mußt ihnen Mustasch ordern – sie fressen auch recht gern Holofernes Häppchen.«
»Ich hab' nur Spaß gemacht, Lilli. Natürlich kriegen sie Katzenfutter. Feinstes Katzenfutter –«
»Zeig sie mir!«
Dodo sammelte eine Katze nach der anderen ein und hob sie vor das Kameraauge.
»Bitte hör auf zu weinen, Lilli, du mußt jetzt die Nerven behalten! Hör gut zu: Es ist wahrscheinlich nur eine Frage von Stunden, bis sie auch meine Adresse herausgefunden haben und der nächste Brandanschlag erfolgt.«
»Lächerlich! Warum sollten sie es auf jemanden wie dich abgesehen haben?« schniefte Lilli. »Ich meine, Terry ist alt, Stella ist Transvestit, die fordern ihr Schicksal ja gewissermaßen her-

aus. Aber daß sie jetzt schon – äh – hinter Übergewichtigen her sind?«

»Da steckt mehr dahinter«, sagte Daniel Dodo. »Ich glaube, hinter dem Anschlag steckt Frederik Pfeiffer! Daß wir den Schwindel mit Tony Martin entdeckt haben, gefällt ihm wohl nicht. Ist der Talker übrigens dort?«

»Ja, ja«, sagte Lilli zerstreut, »Was mich am meisten wurmt, ist, daß ich so blind in diese Falle getappt bin! Tabea Sonnenschein ist natürlich eine Informantin! Ich hätte mir denken können, daß die Seelentrösterinnen im Fernsehen alle Informantinnen sind, ich Trottel.«

»Ja, das war ziemlich unvorsichtig, ihr alles zu erzählen, was dich bewegt. Und du hast ihr auch noch die Nummer von Stellas Autotelefon gegeben!«

»Bitte Dodo, mach es nicht noch schlimmer!«

Beide schwiegen bedrückt. Dann riß Lilli sich zusammen.

»Also, du wirst eben jetzt auch in den Untergrund gehen, Dodo!«

»Zuerst holen wir dich hier heraus.«

»Du sagst, meine Mutter weigert sich, meine Entlassung zu beantragen?«

»Offenbar ist es ihr recht, wenn du noch eine Weile hier schmorst. Was hast du getan, Lilli, daß deine Mutter dich nicht leiden kann?

Lilli ignorierte die Frage. »Und mein Vater? Schließlich haben sie das gemeinsame Sorgerecht oder so ähnlich!«

»Dein Vater wollte von mir bloß wissen, ob du jetzt einen Pflegegeldanspruch hast, und ob das die Kosten hier deckt.«

»Scheiße! Ich muß also flüchten.«

»Das müssen wir jetzt alle«, sagte Dodo.

»Die Frage ist nur: Wie?«

»Und die zweite Frage ist: Wohin?«

»Es nützt nichts, wir müssen es nochmals mit Olympia Lory versuchen! Setz dich mit Olympia in Verbindung, Dodo. Erkläre ihr die Lage. Vielleicht hilft sie uns.«
»Warum sollte sie das tun?«
»Ich weiß nicht, warum, aber sie tut es möglicherweise. Vielleicht, weil ich dann über ihre Rolle bei der ganzen Geschichte schweigen werde.«
Sie berichtete Dodo über das, was Arbogast Drexel ihr erzählt hatte: von der Einrichtung eines »Tony Martin Brain Trust«, dem schöpferischen Hirn hinter einer Kunstfigur.
»Und Olympia Lory gehört zu diesem Brain Trust!« rief Daniel Dodo erleuchtet. »Sie hat bei der Erschaffung von Tony Martin mitgearbeitet!«
»Ja, und ich glaube, die Sache fängt an, ihr Kopfschmerzen zu bereiten«.
»Aber wenn sie es war, die dir eine Falle gestellt hat?«
»Ich tippe eher auf Tabea. Hier herinnen sind ein paar Leute, die ein paar üble Geschichten von Frederik Pfeiffer wußten. Und weißt du, was ihnen noch gemeinsam ist? Sie alle haben irgendwann einmal Tabea Sonnenschein konsultiert.«

Im Untergrund

Am nächsten Tag wurde Lilli Lobster mitgeteilt, daß ihre Überführung in eine Spezialklinik bevorstand. »Was für eine Spezialklinik? Wozu soll das gut sein? Dürfte ich endlich einmal meinen Befund sehen? Gibt es denn keinen Klienten-Ombudsmann hier? Könnte ich telefonieren?«
Die Schwester schüttelte fünfmal den Kopf, einmal für jede Frage. Dann schloß sie die Tür hinter sich und versperrte sie.
›Jetzt ist es aus!‹ dachte Lilli schreckerfüllt, ›jetzt lobotomisieren sie mich, und meine schlimmsten Träume werden wahr!‹
Über das Hausfernsehen stattete sie dem Ur-Tony Martin noch einen letzten Besuch ab, der sie erwartungsgemäß wenig aufheiterte.
Und wir kommen in die dritte Runde, leierte Tony Martin, *Los, laßt endlich die Ganglien rotieren! Bis jetzt wart ihr ja alle ein bißchen gaga, leise rieselt der Kalk – hahaha – aber ihr habt noch eine letzte Chance zu gewinnen.*
»Du sagst es, alter Knabe!« murmelte Lilli und schaltete ab.
Viel zu rasch erschienen zwei Pfleger, schubsten Lilli in einen Rollstuhl, warfen ihre Tasche auf ihren Schoß und rollten sie hinaus. Lilli schloß die Augen, spürte die Tränen quellen und dachte über die Versäumnisse ihres Lebens nach: Einmal Boris eine schmieren!
Zum hundertsten Mal jagten Fluchtgedanken durch ihr Hirn. Aber wohin sollte sie fliehen? Zu Mutter, die sie den Institutionen auslieferte? Zu Vater, der kein Herz für sie hatte und außerdem ständig pleite war? In ihr Büro, wo man inzwischen sicher alles verwanzt hatte und womöglich gedungene Killer auf sie lauerten?

Sie wurde vorbeigerollt an der lyrischen Inschrift, die ihr nun doppelt unheilverkündend erschien: »Die Vögelein schweigen im Walde. Warte nur balde ruhest du auch –«
Vielleicht machen sie aus meinem kurzen Leben eine Story? Einen Gruselschocker – »Das Schweigen der Vögelein« wär ein steiler Titel...
Ein Krankentransporter lauerte vor der Einfahrt. Wie schön wäre es gewesen, hier den Bus warten zu sehen, der sie hergebracht hatte! Selbst die vergammelte Schnellbahn mit all den kettenrauchenden Morlocks wäre ihr willkommen gewesen. Sie bedeuteten Freiheit.
›Freiheit ist etwas, das man erst schätzt, wenn man es nicht mehr hat...‹
Die Tür des Krankentransporters wurde von innen aufgestoßen, Dodo grinste ihr entgegen, dreidimensional, in vollem Umfang und sozusagen leibhaftig. An seiner Seite eine etwas verbeult aussehende Terry. Sie zogen Lilli hinein, zogen rasch die Tür wieder zu, und der Fahrer ging sogleich von Null auf Lichtgeschwindigkeit. Es war natürlich der Schutzengel, der am Steuer saß.
»Überraschung! Überraschung!« schrien sie und lachten. Man umarmte und tätschelte einander. Am innigsten herzte Lilli ihre Katzen, die in diversen Weidenkörbchen vor sich hin jammerten.
»Wohin fahren wir?«
»Zu Olympia Lory. Sie bietet uns Asyl an.«
Stella musterte die Straßenpeilung am Monitor. »Moment, hier waren wir doch schon einmal«, rief er. »Natürlich! Dort, der Friedhof – wir fahren zu Tony Martins Privatbunker, Leute!«
»Aber Tony lebt seit Jahren in Wipfelruh! Das wissen wir jetzt«, sagte Lilli, »Wer wohnt dann hier?«
»Ich glaube, wir nähern uns dem Auge des Taifuns«, sagte Terry.

Sie sollten nicht lang im Ungewissen bleiben. Ein Tor im Elektrozaun öffnete sich für sie, die Schleusenklappen des Bunkers flutschten in die Höhe. In der Eingangshalle des geheimnisvollen Gebäudes erwartete sie eine durchgestylte Olympia Lory und sagte: »Willkommen in der ›Wundertüte‹.«

Es verblüffte Lilli nicht einmal sonderlich, als sich herausstellte, daß Olympia Lory jetzt die Leiterin dieses erfolgreichen Verlages war. Kein Wunder, daß es ihr gut ging, und sie so viel Selbstbewußtsein ausstrahlte. Immer noch machte die »Wundertüte« viele Millionen Umsatz.
In Wirklichkeit sah Olympia Lory womöglich noch perfekter aus als auf dem Bildschirm. Eine Menge Lifting und Liposuction und Collagen-Einspritzungen mußte aufgewandt worden sein, um dieses Porzellangesicht zu schaffen. Lilli schätzte sie auf Ende Vierzig.
»Glaubt mir, meine Lieben, nirgends seid ihr so sicher wie im Verlag«, verkündete sie. »Ihr werdet zweifellos bald überall gesucht, hier dagegen vermutet euch keiner.«
»Wir sind Ihnen sehr dankbar«, sagte Terry höflich. »Noch dazu, da wir nicht wissen, wie lange wir uns verstecken müssen! Aber warum tun Sie das für uns?«
»Gute Frage«, sagte Olympia. »Ich werde euch meine selbstsüchtigen Hintergedanken später erklären. Zuerst wird Aidan euch die Suiten zeigen – und euch auf die jeweiligen Extras hinweisen.«
»Extras?« fragte Lilli mißtrauisch. Immer noch saß ihr der Schock des Freiheitsentzugs in den Knochen, so daß sie unwillkürlich an Handschellen am Bettpfosten dachte. Wer weiß, wie sie hier mit Asylanten umsprangen?
»Zum Beispiel Katzenklos im Sanitärbereich«, säuselte Olympia.

Aidan entpuppte sich als reizender Roboter in vierfacher Ausführung, mit integriertem Musikprogramm, der gerade »Someone to watch over me« summte – zufällig Terry Adlers Lieblingssong.
»Ich glaube, ich werde mich an den Kleinen gewöhnen«, sagte Terry wohlwollend.
»Einstweilen hat Aidan nur George Gershwin im Repertoire«, erläuterte Olympia. »Andererseits – Roboter mit Techno-Getöns fände ich irgendwie uncool –«
»Völlig uncool«, stimmte Terry zu.
Die Räume, in die der Roboter sie führte, waren megacool. Und – wie Lilli erfreut feststellte – alles funktionierte. Die Heizung war heiß, der Eisschrank war kühl, der Flaschenöffner öffnete. »Heb den Bauch vom Boden und genieß es, Nada!« rief sie dem verzagten Kätzchen zu.
Nachdem sie sich frischgemacht hatten, zeigte Olympia ihnen die Verlagsräume. »Ursprünglich war dies hier eine Art Großraumbüro«, erklärte sie, »nach dem Motto: Wir alle sind eine wundervolle Familie, wir machen wundervolle Bücher für wundervolle Kinder, und es ist eine wundervolle Arbeit! Die Mitarbeiter saßen zwanglos im Raum verteilt an ihren Computern – dazwischen selbstverständlich Grünpflanzen, Zimmerwasserfälle und Luftaromatisierer – und bastelten an Tony Martin-Büchern. Einer an der Abenteuer-Serie, ein anderer an der Detektiv-Serie et cetera et cetera. Doch obwohl die Arbeit an sich kinderleicht ist – wir haben ja die Original T.M. Textbausteine, und ein Plot-Generator liefert immer neue Handlungen –, die ständige Befassung mit diesen Texten dürfte doch eine gewisse seelische Belastung darstellen. Folge: Die Fluktuation im Verlag, der Wechsel unserer Mitarbeiter, nahm ein geradezu erschreckendes Ausmaß an. Kaum hatte einer sich eingearbeitet, kündigte er auch schon wieder. Also ließen wir uns

allerhand einfallen, um die Arbeitsbedingungen zu optimieren: individuell gestaltete Einzel-Büros – Spezialanfertigungen – jede gewünschte Kompensations- und Entspannungsmöglichkeit, und heute, kann man sagen, haben wir hier die besten Arbeitsbedingungen der Welt. Voilá!«

Sie betraten einen vollgerümpelten Raum, der Lilli ein bißchen an ihr eigenes Büro erinnerte. Nur daß diese Arbeitsstätte ein herrliches Aquarium zum Mittelpunkt hatte. Der Textproduzent, der hier arbeitete, ein bleicher, melancholisch blickender Geselle, fütterte die Fische, während ein soeben fertiggestellter, frisch montierter Tony Martin-Text auf elektronischem Weg in die Druckerei strömte, die sich – wie Olympia erläuterte – im Stockwerk darunter befand.

»Laci leistete in guten Zeiten 120 Seiten pro Tag. Was soll ich sagen, die geliebten Algen und Zierfische haben seinen nervösen Zusammenbruch nicht aufhalten können, vergangene Woche hat er gekündigt.«

Das nächste Büro ähnelte einem Fitness-Studio: Ertüchtigungs-Geräte und Entspannungs-Liegen. Sogar ein Whirlpool befand sich hier. Eine etwas strapaziert wirkende Dame war soeben mit dem Aufbau ihrer Beinmuskulatur beschäftigt, während sie einen Text kontrollierte, der vor ihr über den Bildschirm lief. »Ah ah« stöhnte sie, als ob sie ihren Fasern das Letzte abverlangte. Doch wie Olympia flüsternd zu verstehen gab, war es vermutlich der Text, über den diese Mitarbeiterin seufzte.

»Ihr Vorgänger ist in einem Anfall von Depressionen aus einem Fenster im Obergeschoß gesprungen«, fügte die Verlagsleiterin hinzu. »Glücklicherweise hat das Gebäude, wie ihr bemerkt habt, nur eineinhalb oberirdische Stockwerke. Dennoch sind seither alle Fenster gesichert. »Für Frau Schmidt hier hätten wir sogar eine kleine Sauna installiert. Und Aidan hätte gelernt, einen Aufguß zu machen, und dabei »Summertime« ge-

sungen. Aber nun hat sie uns ja leider ebenfalls gekündigt...«
Und ähnlich trostlos sah es mit allen übrigen Mitarbeitern aus. Zwei dieser Büros durften sie aus Sicherheitsgründen gar nicht betreten, diese Textproduzenten bissen jeden, der sich ihnen näherte.

»Sie wollen also, daß wir die Stelle Ihrer abgesprungenen Autoren einnehmen«, sagte Daniel Dodo, als sie schließlich in Olympias eigenem Büro saßen. Der Kontrast zwischen den so gemütlichen und luxuriös ausgestatteten Räumen und dem abgewrackten Zustand ihrer Benutzer hatte die vier Freunde etwas erschüttert. Die Lust, deren Nachfolge anzutreten, war gering. Und die Aussicht, daß vier so bemerkenswerte und eigenwillige Persönlichkeiten wie sie hier in der »Wundertüte« zu besseren Schreibautomaten degradiert werden sollten, war eine Zumutung. Olympia Lory nutzte ihre verzweifelte Lage aus.
Als könnte sie Gedanken lesen, sagte Olympia Lory: »Ich tue nichts anderes, als Eure verzweifelte Lage auszunützen! Ich brauche Schreibautomaten, und zwar hocheffiziente. Wir haben soeben eine neue Serie gestartet: ›Vier Freunde an vorderster Front‹. Dabei geht es um aufregende und gefährliche Abenteuer, und die Reihe ist speziell für Länder gedacht, in denen Krieg herrscht.«
»Können Sie die Textproduktion nicht voll computerisieren?« fragte Stella.
Olympia schüttelte bedauernd den Kopf. »Klingt vielleicht komisch, aber der Mensch ist nicht völlig durch den Computer zu ersetzen. Wie ihr ja wißt, steht auch hinter unserem Fernseh-Megastar Tony Martin ein erstklassiges menschliches Team.«
Terry hatte einen anderen Einwand. »Halten Sie es denn für vertretbar, den Krieg als Abenteuer zu verkaufen?«

»Oberster Grundsatz von T.M. ist es, Entspannung und Unterhaltung zu bieten. Und vor allem Kinder im Krieg brauchen viel Entspannung, finden Sie nicht? Wie hat er das seinerzeit so schön genannt: ›Ferien vom Alltag‹!«
Sie blickten einander an. Meinte sie das ernst, oder war sie nicht ganz dicht?
»Ach ja, und keinesfalls dürft ihr versuchen, euch mit Freunden oder Angehörigen in Verbindung zu setzen«, mahnte Olympia, »Vergeßt nicht, Pfeiffer hat euch zum Abschuß freigegeben. Sämtliche Kids des Inner Circle sind hinter euch her. Ihr laßt euch besser eine Weile nicht draußen sehen!«
»Sagen Sie bloß, auch Mimsy, Nada und Lujo werden gesucht«, versuchte Lilli einen Scherz.
»Ebenso wie Jezebel«, sagte die Verlagsleiterin ungerührt. »Ich kann für nichts garantieren. Es gibt Gerüchte, wonach gewisse tödliche Insekten angeschwirrt kommen könnten.«
»Aber wie lang sollen wir hier schmachten?«
Olympia Lory zuckte die schneeweißen, von schwefelgelbem Seidenmoiré umhüllten Schultern. »An eurer Stelle würde ich mir etwas einfallen lassen, um mir das Leben in der »Wundertüte« zu versüßen. Schokotrüffel, Champagner. Wie wäre es mit einem Piano von Luttner, Terry?«
»Ein Luttner!« rief Terry, und in ihre blassen Wangen kam Farbe. »Zu einem Luttner-Piano hat Marlene Dietrich gesungen!«

Wenn es um die Versüßung des Lebens ging, zeigte Daniel Dodo wenig Einfallsreichtum. »Fritten und Cola«, befahl er, als Aidan heranrollte, um die Bestellungen aufzunehmen.
Stella ging die Sache systematisch an, indem er zunächst den Frühjahrs-Katalog des exklusiven Versandhauses »Biegel« in L.A. orderte, die Eintrittskarte ins Reich des Luxus und der Moden. Und Lilli wünschte sich nicht weniger als Mozarts Ge-

samtwerk auf CD, Jubiläums-Edition. Mozart verhieß Trost, den sie dringend brauchte.
Lilli Lobster hatte nämlich einen schweren Anfall von Schuldgefühlen und Reue. Sie selbst, so gestand sie sich ein, war ja noch am wenigsten geschädigt. Im Gegenteil: Ihrem großen Ziel, ein Leben zu führen wie Nero Wolfe, sprich: an einem kniffligen Fall zu arbeiten, ohne dabei die eigenen vier Wände zu verlassen und die ganze Zeit über ausgezeichnet verpflegt zu werden, war sie auf unerwartete Weise nähergerückt. Aber ihre Freunde waren übel dran: Stella, der so gern mit einem seiner tollen Schlitten herumflitzte und es liebte, die Nächte durchzutanzen – Daniel Dodo, der sich am liebsten Tag für Tag neuen juristischen Herausforderungen stellte, für sie war die primitive Zwangsarbeit hier – als Monteure von Tony Martin-Texten – ein Schicksal, schlimmer als der Tod.
Lilli besaß so wenig Erfahrung mit Schuldgefühlen und Reue wie ein junger Dackel, der zum ersten Mal im Leben aufs Sofa gepinkelt hat. Und dementsprechend griff Lilli zur Dackel-Taktik. »Ach Dodo«, seufzte sie steinerweichend und blickte so umflort wie möglich zu ihm auf.
Daniel Dodo legte seinen mächtigen Arm um sie und gab ihr einen Kuß. Es war das erste Mal, daß er sie küßte, und sekundenlang fühlte Lilli sich geborgen.
Dann fand sie es aufregend. Und auch als er sie längst losgelassen hatte und damit beschäftigt war, seine beschlagene Brille zu putzen, war Lilli Lobster noch tief beeindruckt. Daniel Dodo zu betrachten, war eine Sache, ihn zu spüren, eine andere.
»Dodo?«
»Lilli?«
»Kennst du zufällig diese Geschichte, in der ein Mann zwanzig Kilo abspeckt, sich Kontaktlinsen zulegt und –«

»Das ist doch nur ein Märchen«, sagte Daniel Dodo sanft.
»Von Stephen King, ich weiß –«
»›Es‹.«
»Ja. ›Es‹. Hab' gar nicht gewußt, daß du sowas liest –«
›Gibt viel, was du nicht von mir weißt‹, dachte Daniel Dodo.
›Ich würde ihn trotzdem wieder küssen‹, dachte Lilli erstaunt, ›auch mit hundert Kilo und zehn Dioptrien auf der Nase.‹
Stella Walruski, der zu Einsneunzig herangewachsene Weihnachtsstern, erschien Lilli auf einmal gar nicht mehr so einzigartig und unersetzlich. Vielleicht hatte es sich doch gut gefügt, daß er nunmehr in Terry Adler seine große Liebe gefunden zu haben schien!
›Sonst hätte er sich womöglich gekränkt, wenn ich mich auf einmal Dodo zuwende...‹

Ein ur-ur-alter, zwielichtiger Zauberer namens »Sandmann« schenkte ihnen allen in dieser Nacht süße Träume. Aber am nächsten Morgen wartete eine rauhe Wirklichkeit und knochenharte Arbeit auf die frischgefangenen Autoren. Fünfzig Seiten Text sollte jeder von ihnen produzieren. Für ein Buch hatten sie somit jeweils zwei Tage Zeit.

Lilli übernahm die Abenteuer-Bücher und gab dem Plotgenerator folgende Stichworte für die Handlung ein: »Einsamer Mann auf Insel« – »starke Kurzsichtigkeit«
(›Warum nicht gleich:«Blindheit«‹? überlegte Lilli.) – Weiters die Stichworte: »Verfressenheit« – »Austricksen« und »Liebe«.
(›Jetzt mach was draus, kicher, kicher! Sehen wir uns einmal an, was an Texten da ist:‹)
»Hab' ich dich!« brüllte der Alte triumphierend/höhnisch.
(›Zu altenfeindlich, warum nicht »das Monster«?‹)
»Hab' ich dich!« brüllte das Monster triumphierend.

Starker Anfang – vielleicht zu stark für einen Anfang? Lilli ließ mögliche Anfangssätze vorüberscrollen: *Bleierne Stille lastete auf der Insel – Stille hockte über der Insel wie ein krankes altes Weib –*

Besser wäre »brütete«. Aber ein »brütendes altes Weib«? Tony Martin hatte mit Stille offenbar nichts am Hut. Und wie wäre es mit: *Ein Schrei zerriß die unheimliche Stille?*

›Wenn das kein Anfang ist!‹ dachte Lilli zufrieden und fuhr fort, in ihren Text-Vorräten zu wühlen, wie ein Kind in seinen Spielsteinen.

»Wir sind verloren!« schrie Jenny/Erik.

Lilli entschied, Erik jammern zu lassen und teilte Jenny die klugen Sprüche zu: »*Das erklärt die grauenhaften Vorfälle und das unerklärliche Verschwinden.*«

Immer schön, wenn Frauen es waren, die den Durchblick hatten!

Die schrecklichen Zähne des Monsters malmten unaufhaltsam.

Steil!

Lähmende Furcht/Panik steckte ihnen in allen Knochen/Poren.

Sie hatten grauenhafte/unfaßbare Angst, daß der Typ auch sie erwischen könnte.

Message Dodo an Lilli: Wie geht es Dir?

Mess. Lilli an Dodo: Recht gut! Ich habe ein blindes, verfressenes Monster, das ausgetrickst werden soll.

Mess. Dodo an Lilli: Kommt mir irgendwie bekannt vor. Was für eine Handlung?

Mess. Lilli an Dodo: Ausflügler auf unbekannter Insel finden Monster und geraten in tödliche Gefahr.

Mess. Dodo an Lilli: Gib acht, daß du nicht »Odysseus auf der Insel der Kyklopen« schreibst!

Mess. Lilli an Dodo: Aber nein! Ich hab' ja auch eine Liebesgeschichte dabei!
Mess. Dodo an Lilli: Erröt. Dann viel Glück!
Mess. Lilli an Dodo: Erröt.

Daniel Dodo, dem heiß geworden war, widmete sich wieder seiner Umweltstory. Beim Plot war er nicht so anspruchsvoll vorgegangen wie Lilli, sondern hatte sich auf etwas Einfaches beschränkt: Die letzten Frösche der Erde werden gerettet.
Ein Bild des Schreckens bot sich ihm. Etwas Unfaßbares/Grauenhaftes war hier geschehen. In Karls (›Udos? Tankreds?, bleiben wir bei Karl!‹) *Augen blitzte erboste Empörung/überraschte Erkenntnis. Was der Wahnsinnige* (›Warum Wahnsinnige? schreiben wir: der skrupellose Medien-Mogul!‹) *vorhatte, war ein Umwelt-Verbrechen/Mord an der Umwelt/Tierquälerei* (›Schreiben wir »semantische Umweltverschmutzung«‹).
»Sie können uns bedrohen, Sie Umweltverbrecher/Tierquäler (›Hier muß es heißen: »Volksverhetzer«!‹), *aber die Gerechtigkeit/Zukunft ist auf unserer Seite.«*
Dodo vergaß die Textbausteine und fügte hinzu: *»Ich zeige Sie an wegen Vergehens gegen Paragraph 282«, sagte Karl. Lilli blickte ihn voll Bewunderung an.*
Lilli?
Und wo blieben die Frösche?
Daniel Dodo ersetzte »Frösche« durch *»unbestechliche, unabhängige Journalisten«*. Aber was sollte er dann für »Teiche und Tümpel« einsetzen.
›Doch nicht so einfach, ein Kinderbuch zu verfassen!‹

Special Agent Stella Walruski stürzte sich entschlossen auf eine Detektiv-Geschichte. Plot: In einem verlassenen Haus ge-

schieht Seltsames – Umschlagplatz für Rauschgift – junge Detektive überführen Hausmeister ihrer Schule – zuvor aber geraten sie natürlich in allergrößte Gefahr. Stella näherte sich zielstrebig dem Höhepunkt der Handlung und musterte seine Auswahl:
Ein/zwei/mehrere Gedanken jagten durch seinen/ihren Kopf – Die Ungewißheit/Angst/Furcht machte … schwer zu schaffen/lähmte sie – Eigentlich konnte jetzt jeder Mensch rund um sie ihr Feind sein. – Ein entsetzlicher/grauenhafter/lähmender Gedanke war das, der in … ziemlich viel Unruhe/Schrecken/Panik auslöste. – Vor Entsetzen konnte er/sie sich nicht rühren/bewegen.

Mess. Stella an Terry: Mein Held kriegt den Arsch nicht hoch. Er ist irgendwie gelähmt. Wie geht es denn dir?
Mess. Terry an Stella: Meine Helden haben durchwegs Atem-, Herz- und Kreislaufprobleme. Sieh dir das an: »Eugen (Ich finde ›Eugen‹ hübsch!) war so geschockt, daß er nicht mehr atmen konnte – Ihre Ganglien rotierten nur noch langsam – Das Herz des Mädchens raste, aber auch die anderen durchzuckte der Schock – Für einige Zeit stand ihm das Herz still.« Also ich hab' mindestens zwanzig Stellen mit Herzstillstand!
Mess. Stella an Terry: Und dann sind diese Typen alle so laut! Immerzu heißt es »schrie gellend«, »lachte schnaubend«, »schüttete glucksend eine Tasse Tee in sich hinein«, »erwachte brüllend«.
Mess. Terry an Stella: Vermutlich, weil die Kids heutzutage alle halb taub sind. Kommt von den Kopfhörern. Hier hab' ich so ein Beispiel: »Ein lautes Krachen, das Bersten von Glas und Holz und der Knall von Schüssen ließen Eugen dann aber doch aufschrecken.«
Mess. Stella an Terry: Sag ich doch: Alles gelähmt!

Bald schickten sie Botschaften hin und her, indem sie Tony Martins Texte zitierten.
Mess. Lilli an alle: Wenn ich denke, in welche Gefahr ich euch gebracht habe, erschaudere ich!
Mess. Dodo an alle: Auch ich habe Schiß, gesteht Dodo seinen Freunden.
Mess. Terry an alle: Auch mir ergeht es so, gibt Terry zu.
Mess. Stella an alle: Leute, macht nicht in die Hosen!

Trotz ihrer Witzeleien sorgten sie sich natürlich. Und Terry Adler, die sich gleich für ihre erste Geschichte viel vorgenommen hatte (China und die USA kämpfen um den Nordpol), begann bei der Montage ihres Textes allmählich zu frösteln.
Der Hunger/die Kälte/die Ungewißheit machte ihnen schwer zu schaffen.
Eugen keuchte/schrie auf/stöhnte/hielt den Atem an und ging entsetzt/rasch/vorsichtig/lautlos in Deckung.
Eine Katastrophe hing/schwebte über ihnen, die nur darauf lauerte, sich auf sie zu stürzen –
Terry wollte schlau sein und sich mit Schlußsätzen aufmuntern, doch selbst die Schlußsätze-Auswahl bot – der Problematik angemessen – keinen Anlaß zu herzerwärmender Freude:
Vielleicht schaffen sie es endlich einmal, daß auf der Erde/Welt/dem Globus Ruhe einkehrt/Friede herrscht...
Wir dürfen nicht länger dulden, daß die Erwachsenen uns für ihre bösen Spielchen mißbrauchen!
In diesem Land darf nicht länger das Gesetz des Stärkeren/des Dschungels herrschen...

Die Arbeitspausen verbrachten sie gemeinsam. Ihre Situation ließ sie eng zusammenrücken. Auch das war eine Möglichkeit, Tony Martins Schreibweise auszuhalten – vielleicht eine bessere als Goldfische und Gymnastik. Lilli dachte an den armen Schriftsteller Hans-Günther Zelibor, den der Gram zum Trinker gemacht hatte. An den unglückseligen Buchhändler Carlos Comfit, der es so bitter bereute, gute Bücher durch Tony Martin-Bücher ersetzt zu haben. Diese Massenproduktion eines ewig fünfundzwanzigjährigen Dilettanten – gefriergetrocknet, unveränderlich und unerhört erfolgreich – war eine Schande für das Land und seine Sprache und – falls Außerirdische sie einmal entdeckten – eine Schande für die Literatur des Planeten!

»Wenn man das Zeug analysieren würde, käme man auf einen deutlich masochistischen Grundzug in allen Texten« erklärte Terry, die sich in ihrer Jugend viel mit Sigmund Freud befaßt hatte, nehmen wir nur das Stichwort »bohren«. Da haben wir es:

Das bohrende Geräusch zerrte an ihren Nerven.

Ein bohrender Schmerz machte sich in ... breit.

Na wenn das kein sprechendes Bild ist! Oder dieses hier: *Der helle Glanz bohrte sich wie eisige Strahlen in ihre Knochen.*

»Wartet –« sagte Lilli, »ich hab' auch solche Sätze in meiner Geschichte. Sie heißt übrigens ›Dr. Zyklop, oder: Die Wiedergeburt des blinden Monsters‹ – ich weiß, ich weiß, Dodo, eine ähnliche Story gab es schon mal! Ich bin eben auf der postmodernen Linie: Aus Alt mach Neu. Den Titel muß ich ohnedies ändern, der ist glaube ich für eine Braille-Ausgabe nicht so geeignet. Hier ist so einer – naja, es wird nicht gerade gebohrt, eher gesau –«

»Himmel, jetzt lies doch schon«, rief Stella.

»Eine grauenhafte Mutlosigkeit packte Erik. Wie eine gewaltige Pumpe saugte sie den letzten Funken Hoffnung aus ihm –«

»Wow!« sagte Stella ergriffen. »Das ist wirklich ein Hammer!«
»Ein Sauger!« korrigierte Terry.
Sie zerkugelten sich. »Und wo bleibt die Liebe?« wagte Daniel Dodo zu fragen.
»Die Liebe? Die ist überhaupt das Gefährlichste!« erklärte Lilli und tat, als würde sie das Folgende ebenfalls zitieren: »Leidenschaftliche Liebe packte ihn. Wie ein extrastarker Staubsauger saugte sie den letzten Funken Verstand aus ihm.«
Da Lilli und Dodo diesmal sozusagen in aller Öffentlichkeit rot wurden, begann Terry etwas zu dämmern, und sie murmelte: »Das Herz des Mädchens raste, auch ihre Freunde durchzuckte der Schock.«

So wurde es doch noch ein recht vergnügter Tag, und nachmittags fiel Daniel Dodo auch eine Möglichkeit ein, wie er die drohende geistige Unterforderung vermeiden konnte: Er würde ein Gesetzes-System für korrekten Prosastil entwerfen, wobei er Tony Martin-Sätze als Beispiele für Gesetzesübertretungen verwendete – schiefe Bilder – Widersinnigkeiten – additive Häufungen – verbogene Logik. Bei dieser Systematik blieben allerdings etliche Textstellen übrig, die einfach »jenseits« waren.
Wie ein Klotz aus Stein lag sie da und zitterte um ihr Leben.

Abends hörte Olympia Lory sich ihre Kritik und ihre Vorschläge reichlich kühl an.
»Ich ließe mir noch einreden, wenn da stünde ›Wie ein Wackelpudding lag sie da und zitterte um ihr Leben‹ erklärte Dodo.
»Tony Martins Texte sind gut so, wie sie sind«, wehrte Olympia ab. »Was glaubt ihr denn, warum T.M. bei den Kindern so ankommt?«
»Ganz einfach, weil der Typ täglich im Fernsehen ist«, sagte Lilli.

»Ihr redet wie Autoren.«
»Wir sind jetzt Autoren«, sagte Stella.
»Schön wär's«, widersprach Terry, »aber wir sind jetzt Tony Martin.«
»Genau so ist es«, sagte Olympia Lory, »denkt nur immer daran. Und es wäre gut, wenn ihr euch täglich seine Sendungen anseht«.
»Ist das Strafverschärfung?«
»Das gehört zur Corporate Identity der ›Wundertüte‹«.
Lilli fiel etwas ein: »In ›Wipfelruh‹ gibt es keinen Kinderkanal. Ich frage mich, ob der echte Tony Martin jemals den digitalen Tony Martin erblickt hat«.
Olympia verneinte. »Das hielten die Ärzte für ein zu großes Gesundheitsrisiko. Es wäre allerdings in der Tat spannend, zu beobachten, welchen Tony Martin Tony Martin eigentlich sieht, wenn er Tony Martin sieht...« fügte sie einigermaßen rätselhaft hinzu.

Das tiefste Geheimnis

Lilli Lobster fand, daß gegen eine Tony Martin Show pro Tag nichts einzuwenden war. Ihrer Ansicht nach war der digitale T.M. verglichen mit dem literarischen T.M. ein I.Q.-Riese. Verblüffend, daß keinem der Zuseher, die ja zugleich seine Leser waren, der Unterschied auffiel. Der digitale Tony war witzig, hintergründig, wortgewandt, ein Chamäleon der Verwandlung, der Konserven-Tony der Bücher war eine Lachnummer. Bestenfalls.

Es mußte auf ihre nur noch langsam rotierenden Ganglien zurückzuführen sein, daß sie einige Tage brauchten, um hinter Tony Martins allertiefstes Geheimnis zu kommen. Und wäre ihr Zusammenrott- und Kuscheltrieb nicht gewesen, der sie dazu brachte, sich die MicMac-Show gemeinsam anzusehen, sie hätten dieses Geheimnis wohl niemals entdeckt. Es fing damit an, daß jeder etwas anderes an Tony cool fand – Stella die Jingles, Terry die Rätsel, Lilli die Witze –
Wann fängt dein Opa an, zu toben: a) jedesmal, wenn du ihn besuchst? b) Wenn er ein selbstverstecktes Osternest nicht mehr findet? c) Wenn ihr versucht, ihn in die Tiefkühltruhe zu stecken?
– und Dodo mochte die Zaubereien. Das TV-Gerät, vor dem sie saßen, hatte aber naturgemäß nur einen »personal agent«, der Applaus, Zustimmung, Freudenbekundungen entgegennehmen und speichern konnte. Drückte Stella anerkennend *okey dokey*, dann hörte Tony womöglich nicht mehr auf zu singen, was vor allem Dodo nervte. Gab Lilli ihrer Begeisterung Ausdruck, so rasselte Tony einen Witz nach dem anderen

herunter, und Terry wartete vergeblich auf ein Rätselspiel, bei dem sie Köpfchen beweisen konnte.

Die Schlußfolgerung kam ihnen am fünften Tag ihrer Gefangenschaft, und sie war so einfach wie umwerfend: Es gab nicht einen Tony Martin, sondern unendlich viele. Der künstliche Talker verfügte wie ein Regenbogen über alle Farben des Spektrums, die jeder Seher nach seinem Geschmack und seinen speziellen Vorlieben durch Knopfdruck aktivierte. Mit der Zustimmung auf der *okey-dokey*-Taste beeinflußte man nicht nur zukünftige Sendungen – wie sie geglaubt hatten – sondern änderte bereits die laufende Sendung, die man vor sich auf dem Bildschirm hatte. Der digitale Tony Martin reagierte augenblicklich. Er war witzig, wenn man auf Witze abfuhr, und er verwandelte sich in einen Meister des Chansons, wenn man seine Singerei mochte.

Lieber Sandmann – komm heut nacht zu mir
Und bringe viele bunte Träume mit dir...

»Mir fällt auf, daß T.M. immer besonders albern wird, wenn Stella gedrückt hat«, sagte Dodo.
»Bei der nächsten Sendung untersuchen wir das einmal systematisch«, schlug Terry vor.

Opa ruft bei der Polizei an: Sie müssen mir helfen! Mein Enkel will mich vergiften!
Darauf der Beamte: Tut mir leid, hier ist die Polizei und nicht die Auswanderungsbehörde.
Tatsächlich wird unsere Welt bald zu klein, um noch irgendwohin auszuwandern. Bleibt nur noch der gute alte Mond, Fans. Und wenn ihr in der Nacht euren Ferngucker ganz scharf einstellt und hinaufschaut, dann könnt ihr sie sehen –

(Leise Musik setzte ein) *Sie – tanzen auf dem Mond – hört ihr die Musik nicht – lalalalula –*
Die Melodie wandelte sich, Tony Martin wechselte zu einem anderen Song: *Sternenklare Nacht – Sternenglanz am Firmament – Feuer, das im Herzen brennt – Und nun die Preisfrage: Wen – welchen berühmten Maler – hat Don McLean in diesem wunderbaren, traumhaften, traurigen Lied besungen?*
Ohne Zögern tippte Terry die Antwort ein: *Vincent van Gogh.*
Jahaa, der gute alte Vincent! Und weil heute anscheinend lauter Einsteins und Logel-Genies das Tästchen drücken: ein Rätsel mit Schwierigkeitsgrad Eins – für die Mega-Vifen:
Von ihm singt der Boy mit dem Sämischleder-Schuh,
Ein Donnerfuß aus ferner Zeit
Und auch ein Mädchen Leichtfuß singt von seinem Fluß.
Los! Laßt die Leitungen dampfen!
Trommelwirbel, durch eine bunte Galaxie sausten Lichtnebel, Meteore und Satellitenschrott.
Terry konzentrierte sich und vermied den Blick auf den Bildschirm.
»Also der Boy mit dem Sämischleder-Schuh kann nur Elvis sein, aber der hat viel besungen – unter anderem seine blauen Sämischleder-Schuhe. Der blaue Mond? Ist es das?
Klar, das Mädchen Leichtfuß ist Holly Golightly alias Audrey Hepburn, und sie singt vom ›Moon River‹. Aber wer ist ›Donnerfuß aus ferner Zeit‹?«
Terry tippte *Mond*. Und hatte –
GEWONNEN! schrie der Talker. Und wie zur Bestätigung fuhr die raumfahrende Kamera nunmehr direkt auf den Mond zu und versank in einem Krater.
Da bleibt kein Pixel auf dem anderen!
Dann sah man wieder den strahlenden Tony Martin, der den Mond auf seinen Fingern balancierte.

Wir haben einen Gewinner, der erraten hat, daß Elvis Presley, Holly Golightly und Dean Martin – der gute alte Dino – den MOND besingen. Übrigens besingt ihn auch der Werwolf – aaahhh

Schwenk auf die Hand des Talkers, aus der schwarze Borsten und Krallen wuchsen.

Amüsiert drückte Daniel Dodo die Applaustaste. Der Mond entschwebte wieder in einen sternenübersäten Himmel, und auf seiner silbersandglitzernden Oberfläche drehten winzigkleine Figuren ihre Pirouetten, und winzige Stimmchen sangen: *Tintarella di Luna...*

Die Gags dieser Sendung gefielen ihnen allen, bloß Lilli schmollte, weil sie nichts erraten hatte. Terry beeilte sich, sie zu beschwichtigen: Es handle sich um uralte Popgeschichte, und Dean Martin alias Dino alias Saurier alias Donnerfuß – auf das wäre sie ja auch nicht gekommen.

»War voll elitär« sagte Stella. »Und wie kriegen wir jetzt den Geldpreis?«

»Witze hat er heute überhaupt keine gemacht«, beschwerte Lilli sich.

»Darauf lief es bei unserem Experiment ja hinaus: du hättest eben beim ersten Witz okey dokey drücken sollen!«

»Der hat mir aber nicht gefallen«.

Dodo starrte sie an. »In mir keimt ein schrecklicher Verdacht«, zitierte er T.M.

»Ein/zwei/mehrere Gedanken jagen durch seinen Kopf« sagte Stella.

»Hört zu. Jeder Zuseher entscheidet mit okey dokey, was er sieht, klar? Also sieht theoretisch jeder Zuseher eine ganz andere Sendung. Technisch ist das faszinierend, demokratiepolitisch stinkt es. Aber – jetzt kommt die entscheidende Frage:

Was bringt es schon viel, wenn ein Teil der Zuseher mehr Zaubertricks sieht, ein Teil mehr Schmachtfetzen hört –«
»Was schon, Einschaltquoten!« erwiderte Stella.
»Versucht, mir zu folgen. Es geht gar nicht um die Entscheidung: Singen, Rätselraten oder Witze – Lilli hat mich eben darauf gebracht: Es geht vielmehr darum, WAS gesungen wird, WAS gezaubert wird, WAS für eine Art von Witzen erzählt wird. Der erste Witz in der heutigen Sendung war bösartig, altenfeindlich und humorlos. Und er hat Lilli nicht gefallen – uns übrigen auch nicht. Folge: Keiner von uns hat okey dokey gedrückt. Und somit entwickelte diese Sendung sich nach unserem Geschmack weiter: witzig – anspruchsvoll, wie Stella sagte: elitär.«
Terry nickte, »Ich glaube, ich hab' dich, Dodo. Es geht nicht nur um Einschaltquoten, sondern um Einstellungen und Denkmuster –«
»Mit einem Wort, wir haben es mit einem Problemsystem zu tun!« rief Lilli.
»Das kannst du laut sagen!« brummte Dodo. »Jeder der Millionen Zuseher steckt in seiner eigenen Bredouille, und Pfeiffer hält die Süppchen am Kochen, indem er einen digitalen Wunderwuzzi erschaffen hat, der genau das sagt und ausspricht, was sein Gegenüber zu Hause vor dem Fernsehapparat denkt.«
»Es ist ein simples Selbstverstärker-System« sagte Stella mit widerwilliger Bewunderung, »Und das bedeutet: größte Wirkung bei geringstem Aufwand!«
»Wir müssen uns also mehr auf das konzentrieren, was der Talker sagt!«
»Wir werden einen Test durchführen«, sagte Daniel Dodo. »Die nächste Sendung mit Tony Martin ist ›D.J. Tony‹, da bringt er wohl Music Videos?«
Lilli nickte. »Es ist eine kurze Sendung. Kurz und cool.«

»Ausgezeichnet. Folgende Anordnung: Wir gehen davon aus, daß es drei Arten von Reaktionen auf diese Sendungen gibt; ich nenne sie stark vergröbernd ›menschlich‹, ›gleichgültig‹, ›bösartig‹. Drei von uns sitzen nebeneinander, jeder vor einem eigenen Bildschirm, und spielen das durch. Und der Vierte – am besten Stella – nimmt die gesamte Szene auf Video auf.«

Terry übernahm die Rolle der »menschlichen« Zuseherin, Lilli nach einigem Sträuben die Rolle der »gleichgültigen«.

»Wieso ich –«

»Nenn es ›gemäßigte Einstellung‹, wenn dir das lieber ist. Es handelt sich nur um eine Versuchsanordnung, Lilli! Es bedeutet ja nicht, daß du in Wirklichkeit gleichgültig bist! Ich selbst übernehme den bösartigen Part. Heißt das, daß ich bösartig bin?«

Die »Versuchsanordnung« erforderte einige Installationen, aber die braven Aidans waren Um-, Ein- und Zubauten für eigenwillige Autoren inzwischen gewöhnt, sie arbeiteten flink und geschickt und trällerten »It ain't necessarily so...«

Das Ergebnis des Experiments entsprach ihren Erwartungen und war dennoch ein Schock. Anhand der Video-Aufzeichnung, die die drei Bildschirme nebeneinander zeigte, konnten sie verfolgen, wie Tony Martin sich in drei verschiedene Tony Martins verwandelte. Vor ihren Augen lachte und lästerte, log und lockte eine mehrköpfige, mehrzüngige Schlange.

He Fans, lausiger Tag heute! Lausiger Tag, lausige Zeiten – absolut grausig!

Da wir gerade von Läusen sprechen: Trifft eine Laus eine andere Laus und sagt: »He, ist das nicht ein lausiger Tag? (Lachen). *Darauf die andere Laus: »Kann man wohl sagen! Vorhin sehe ich diesen einen dreckigen alten Kerl in der U-Bahn-*

Station und denk mir: Au fein, da ist mein Winterquartier. Er liegt auf dem Luftschacht – na, wunderbar: Hotel mit Air Condition! Und dann – was soll ich sagen – war alles in diesem Hotel schon ausgebucht! (Gelächter)
Lilli drückte einmal *okey dokey*, zum Zeichen, daß sie belustigt war. Dodo drückte zweimal: volle Zustimmung. Die »menschliche« Terry fand den Witz überhaupt nicht witzig, kein Applaus von ihr.

In der Sendung, die Terry sah, hörte der Talker auf, Witze über alte verlauste Kerle zu erzählen und fuhr mit harmlosen Kalauern fort.
Ihr lacht, Fans! Aber ist euch klar, daß Insekten soeben die Weltherrschaft übernommen haben? Ihr seid also besser nett zu ihnen! Wir Menschen sind bloß schlappe 25 Milliarden, sie sind in der Überzahl! (Lachen) *Läuse, wir lieben euch! Fliegen, wir beten euch an! Und am meisten stehen wir – na, auf wen wohl? Auf den guten alten OHRWURM!* (Gelächter) Nun drückte Terry endlich ihre Zustimmung aus: *okey dokey.*
Fans, was ich euch heute anbiete, sind ganz besondere Ohrwürmer, denn sie handeln von INSEKTEN – hahaha. Von Kakerlaken – von Schmetterlingen – von Honigbienen und Hummeln – von Mosquitos – oder sogar von Weltraum-Ameisen –«
Terry drückte die Ziffernkombination für ›Kakerlaken‹; dachte an einen mexikanischen Kakerlaken-Song, der echt Schmiss hatte; auch »Glühwürmchen, Glühwürmchen« hätte sie gern gehört, aber das war ein Paläo-Ohrwurm, den wohl keiner mehr kannte. Die Mehrheit der Zuseher hatte der ›Weltraum-Ameise‹ den Vorzug gegeben, und die nächsten drei Minuten folgte ein Jungle-Jingle.

Lilli und Dodo durften sich einen weiteren Witz anhören.

Darauf die andere Laus. Was soll ich sagen! Mir läuft gestern auch so ein Drecksack über den Weg; ein Appartement im Dachgeschoß hatte der noch lausfrei, also bin ich eingezogen. Na, was meint ihr: Wird das alte Ferkel nicht kurz darauf geschnappt und durch eine voll ätzende Waschanlage gejagt?
(Gelächter)
Lilli überlegte, ob sie *okey dokey* drücken sollte oder nicht, ließ es dann aber bleiben. Schließlich vertrat sie den »gemäßigten« Teil der Zuschauer, und der Witz schien ihr irgendwie menschenverachtend gewesen zu sein.
Tony Martin machte sein »jetzt aber ernsthaft-Gesicht« und informierte sie über die »Social Card«, ein Ausweis, mit dem Obdachlose und Bedürftige Zugang zu sozialen Leistungen kriegten: Gesundheitsversorgung, warme Mahlzeiten.
Wenn Ihr so einen Typen irgendwo herumlungern seht, müßt ihr es nur der »Vorhut« melden. Ruft 6666 und gebt die Koordinaten durch, das genügt. Kleine Rasterfahndung, und schon wird Opa versorgt.
Dann folgte auch hier Jungle Musik.

Daniel Dodo wurde – da er auch auf den zweiten Witz bösartig erfreut reagiert hatte – mit einer noch härteren Variante des Läuse-Jokes beglückt: *Darauf die dritte Laus – und die dritte Laus sieht wirklich mitgenommen aus – ich meine, Laus No. 2 hat bloß so einen kleinen Chlorgas-Ausschlag, aber die dritte ist halb hinüber! Flüstert mit matter Stimme: Was soll da ich erst sagen! Auch ich hab' gestern so einen alten Furzer gefunden, einer mit einem ellenlangen Bart, also First Class-Bleibe! Na, ich niste mich gerade gemütlich bei ihm ein, da wird der Alte doch tatsächlich von einem städtischen Sanierungstrupp geortet und in die Luft geblastert*!
(Großes Gelächter)

Dodo drückte *okey dokey*, als ob ihm das Gehörte ungemein gefiele. Eingeblendet in die Jungle Musik der »Weltraumameisen« wurde daraufhin ein Insert. Die Bekanntgabe eines großen Frühjahrstreffens der »Vorhut«, mit »Wettbewerben« und »militärischen Übungen«.
Dann wieder Tonys sprechender Kopf: *Teilnahme nur für Mitglieder des Inner Circle, also diejenigen von euch Fans, die den schwarzgelben Ausweis haben.*
Nach diesem heißen Insider-Tip, den nur Daniel Dodo auf seinen Schirm bekam, flossen die drei Tony Martins wieder zu einem einzigen zusammen, der sich auf allen drei Fernsehschirmen mit einem persönlichen Wort an seinen Fan verabschiedete.
Und denk immer daran, Fan: Morgen wird alles besser. Wer das sagt? Der Talker natürlich. Der Talker Tony Martin!

Terry Adler war über das Gesehene fassungslos. »Ich hätte nie gedacht, daß so etwas möglich ist!«
Stella versuchte einen Scherz: »Wahrscheinlich gibt es auch einen Blutcode, wie bei Video-Games.«
»Einen Blutcode?«
»Wenn man den drückt, sieht und hört man die echt kranken Sachen.«
»Mir hat es jetzt schon gereicht! Die Zuseher werden ja förmlich auf die Idee gebracht, Obdachlose zu ›blastern‹ – was immer das sein mag.«
»Ja, und das Teuflische an der Sache ist, Tony Martin-Fans, die solche Botschaften kriegen, wollen sie auch hören«, sagte Daniel Dodo, »diejenigen Zuseher, die etwas dagegen unternehmen würden, hören ganz andere Dinge und halten die Sendungen für harmlos.«
»Gibt es diese Social Cards denn wirklich?« Lilli wandte sich

an Terry, als müßte die es wissen. Terry schüttelte ärgerlich den Kopf. »Ob es sie wirklich gibt oder nicht, entscheidend ist doch, daß hier Kinder und Jugendliche aufgefordert werden, Menschen zu denunzieren.«

»Wir brauchen Zugang zu einem Netzwerk!« sagte Daniel Dodo entschlossen.

Stella nickte. »Irgendwo in diesem Gebäude muß es einen echten Internet-Zugang geben! Hier wird schließlich etwas produziert, vermarktet und verkauft. Jede Wette, daß sie mit dem World Wide Web verbunden sind!«

»Ich muß sofort in Erfahrung bringen, ob es nicht eine juristische Handhabe gegen die Digitalisierung eines Talkers gibt. Vortäuschung der Realität – da müßte man einhaken –«

»Aber wenn wir ins Cybernet gehen, machen wir uns zur Zielscheibe!« gab Lilli zu bedenken.

»Es genügt ein Anonymisierungsprogramm, und jede Spur, die zu uns führen könnte, wird verwischt«, sagte Stella.

Daniel Dodo machte eine wegwerfende Handbewegung. »Wer weiß, ob wir wirklich verfolgt werden. Bis jetzt haben wir dafür nur Olympias Behauptung.«

»Und der Anschlag auf Terry und Stella? Und daß man mich in Wipfelruh tagelang gefangengehalten hat?«

»Begreif doch: Das alles kann Olympia selbst inszeniert haben!«

»Und dann gewährt sie uns hier Unterschlupf?«

»Unterschlupf?« rief Stella, »Sie hält uns als Schreibsklaven!«

»Ja, aber gerade das ist etwas, was ich ziemlich eigenartig finde« sagte Terry nachdenklich, »Wir sind doch gar nicht geeignet für diesen Job! Wir sind unwillig, unzuverlässig, sensibel, einfallsreich. Wir sind eine Anhäufung von Risikofaktoren! Daß wir bei diesen idiotischen Texten durchknallen wie unsere Vorgänger, ist mehr als wahrscheinlich. Warum holt Olympia Lory sich nicht irgendwelche abgestumpften Texttechniker? Davon gibt es genug!«

»Weil sie vielleicht den Aufstand von uns erwartet«, sagte Lilli überraschend. »Ich hab' da diese Idee: Olympia möchte, daß das Ganze auffliegt, traut sich aber selbst nicht. Immerhin hat sie hier einen tollen Job. Also holt sie uns in die ›Wundertüte‹ – vier tickende Bomben – he, das wäre ein geiler Titel, ich krieg direkt Lust auf mein nächstes Tony Martin-Buch!«

»Hat durchaus was für sich« stimmte Daniel Dodo zu.

»Meine Theorie oder der Titel?«

»Beides«, brummte Dodo.

Lilli strahlte ihn an.

Terry unterbrach das sich anbahnende Geturtel: »Wir werden vielleicht nie ergründen, ob Olympia gegen Pfeiffer arbeitet oder für ihn oder beides. Ich glaube, was wir tun müssen, ist, uns von ihr unabhängig machen«.

Stella war ganz ihrer Ansicht. »Olympia Lory ist im Augenblick Nebensache. Fest steht: Es muß rasch etwas gegen diesen Verwandlungskünstler Tony Martin unternommen werden. Ausgebrannte Senioren-Discos – bremsdefekte Seniorenbusse – Killerbienen, was kommt als nächstes? Bomben auf Seniorenheime? »Richtig«, sagte Daniel Dodo. »Und deshalb muß unter irgendeinem Gesetzestitel Sendeverbot erwirkt werden! So wie das Ding läuft, ist es illegal, davon bin ich überzeugt!«

Lillis nächstes Tony Martin-Buch mußte warten.

Stella verband den Plot-Generator mit einem Zufallsgenerator, und der vollcomputerisierten Textproduktion von Tony Martin-Titeln stand nichts mehr im Wege. Was Olympia oder die Leser von den auf diese Art entstandenen Texten hielten, war allen vieren ziemlich gleichgültig.

»Oh«, rief Phil »in mir keimt ein furchtbarer Verdacht: Wir müssen die Welt vor dem Untergang bewahren.« Amanda keuchte immer lauter, und Markus war wieder einmal von allen guten Geistern verlassen. Er hielt sich den Bauch vor Lachen und schüttete mit geschlossenen Augen laut glucksend Tee in sich hinein...

Nachdem auf diese Weise für die automatische Erledigung ihres Arbeitspensums gesorgt war, gingen sie daran, das Verlagsgebäude systematisch zu erkunden. Der Zeitpunkt war günstig: Die alte Autoren-Mannschaft verließ ihre Büros und beschäftigte die Aidans mit Einpacken und Transport. Gleichzeitig rollten die von Stella, Terry und Lilli bestellten Luxus-Artikel an, und die Robot-Butler wurden mit der Übernahme, dem Auspacken und der Zuordnung dieser Kostbarkeiten zusätzlich auf Trab gehalten. Während des so entstandenen Wirbels und Durchzugs gelang es den Freunden, sich unbemerkt in die unteren Stockwerke zu schleichen, wo allmählich auch die ersten neuartigen Tony Martin-Texte eintrudelten. Dodos niemals vollendetes Gesetzeswerk hätte sie durchwegs unter »jenseits« eingestuft.

»Das war meine Lieblingswurst!« schneuzte sich Dolly schluchzend.

»Ihr seid völlig in unserem Knie«, donnerte der Gangster.

Der schreckliche Dobermann fletschte, als müßte er schon wieder.

»Das gelbe Heftpflaster!« erstarrten die Vier...

Für den Fall, daß jemand sie fragte, was sie hier suchten, hatten sie vereinbart, sich als Rationalisierungskommission auszugeben. Wie vorsichtig sie bei ihrer heiklen Erkundungsmission vorgingen, merkte man daran, daß Dodo auf raschelnde

Proviantttüten verzichtete und Stella Walruski sich sogar mit einem Paar Hosen tarnte: hellbeige Gabardine-Hosen zum weißen Kaschmirpulli (wie Audrey Hepburn in »Always«) – doch diese Vorsichtsmaßnahmen waren überflüssig; keiner, dem sie begegneten, kümmerte sich um sie.
Die ersten beiden Ebenen, in die sie hinunterstiegen, waren nahezu menschenleer. Da und dort sah man einen einsamer Operator zwischen den Monitoren sitzen, zu vertieft in seine Arbeit – oder sein Computerspiel -, um sie zu beachten. Je weiter sie allerdings nach unten vordrangen, in die Buch- und Kassettenherstellung, die Verpackungs-, Lager- und Versand-Abteilungen, desto mehr Leute trafen sie an – für einen computergesteuerten Betrieb waren es eindeutig zu viele. Die Arbeitsdisziplin schien alles andere als streng zu sein. Gruppen von Mitarbeitern standen herum und unterhielten sich müßig, tranken Kaffee, begossen Blumen, feierten irgend etwas. Auffallend viele ältere und alte Menschen waren hier beschäftigt. Terry zog daraus den Schluß, daß Olympia Lorys Verlag nebenher wohl noch eine andere Funktion hatte. »Vielleicht haben alle diese Leute ebenfalls Asyl in der ›Wundertüte‹ gefunden?«
»Olympia als Wohltäterin?« sagte Dodo spöttisch. Er traute der schicken Verlagsleiterin nicht über den Weg.
In der Marketing-Abteilung wurden sie endlich fündig. Von da aus wurden Werbespots für Tony Martin-Produkte ins World Wide Web geschickt. Hier also war ihre Rampe in den Cyberspace. Sie beschlossen, spätabends, wenn alle gegangen waren, wieder zurückzukommen.

Zunächst deponierte Stella in diversen Bulletin Boards die fingierte Frohbotschaft, daß die verlorengegangenen Lieblinge Lilli, Terry, Stella und Dodo gefunden seien. Wer sie zurückhaben wolle, der solle eine Nachricht hinterlassen. Das Ganze war Lillis geniale Idee. Auf diese Weise hofften sie festzustellen, ob sich denn tatsächlich irgendeine böse Macht – Pfeiffer oder die »Vorhut« – für ihren Aufenthaltsort interessierte. Anschließend überließ man Daniel Dodo die Leitung, der schon darauf brannte, sämtliche juristischen Datenbanken abzufragen.

Als der Anwalt anderntags wieder zu ihnen stieß, war er bleich. Nicht wegen der Nachtschicht, sondern wegen der dabei gewonnenen Informationen. Wie er angenommen hatte, war tatsächlich ein Gesetzesantrag für die Verankerung einer Realitätsklausel in der Verfassung eingebracht worden: Die Vorspiegelung von Realität in Rundfunk, Film und Fernsehen sollte bei Strafe verboten werden.

»Aber der Antrag ist im Parlament nicht durchgegangen, Medien-Lobbies und die Werbewirtschaft haben es offenbar verhindern können.« Dodo seufzte schwer. »Mit Erlaß vom 1. Jänner 2004 ist darüber hinaus ein neues Marken-Gesetz in Kraft getreten, das vom Grundsatz der Nachahmungsfreiheit ausgeht. Damit ist mein zweiter möglicher Ansatzpunkt weggefallen: der Plagiatsvorwurf. Also Anzeige, weil der echte Tony Martin nachgeahmt wird. Das ist nun nicht mehr möglich. Unter dem Titel ›Kunst‹ oder ›Satire‹ kann ab diesem Jahr alles und jeder plagiiert werden. Die Freiheit der Kunst schützt die kreative Leistung und die Satire als Grundrechte.«

»Wir haben doch noch eine Handhabe wegen Verhetzung«, erinnerte Terry.

»Richtig. Paragraph 282 bleibt uns immer noch, aber bei einer Anzeige nach Paragraph 282 dauert die Beweisführung ewig! Mit der Realitätsklausel hätten wir Pfeiffer sofort packen können. Die Sendungen hätten umgehend eingestellt werden müs-

sen.« Daniel Dodo wirkte wie von einem extrastarken Hammer niedergeschlagen.
»Wir versuchen es trotzdem«, sagte Terry aufmunternd. Doch er schien sie gar nicht zu hören.

Auf Lilli Lobster hatte die Neuigkeit eine ganz andere Wirkung. Lilli war förmlich elektrisiert. »Wenn Pfeiffer wegen Digital-Tony nicht mehr angezeigt werden kann, ist es für mich auch ungefährlich geworden, die Story zu veröffentlichen. Es besteht kein Grund mehr, mich zum Schweigen zu bringen –« Lilli überlegte und wurde eine Spur blasser. »Das heißt aber auch, daß Pfeiffer selbst die Wahrheit über Tony Martin jederzeit enthüllen kann – oder irgend jemand anderer. Stella, hilf mir! Ich habe keine Zeit zu verlieren! Die Story wird jetzt gemacht oder nie!«

Lilli träumte von einem wunderbaren Feature. Mit Samples des alten Tony – des jungen Toni Maier, wie er vor Jahren in der Bertini-Show in der Torte gelandet war – vom digitalen Tony, der sich chamäleongleich wandelte und wandelte...
Und dann die Schlagzeile: Der erste virtuelle Talker – junge Detektivin kam dem Geheimnis von Tony Martin auf die Spur.

Auch Daniel Dodo sah eine Schlagzeile vor sich. Eine Schlagzeile, die nun wohl niemals Wirklichkeit werden würde. »Unbestechlicher Jurist als Sieger im Kampf gegen Demagogie und Verbrechen. Frederik Pfeiffer wird durch einen genialen Schachzug seiner heimtückischesten Waffe beraubt. Auftrittsverbot für den virtuellen Tony Martin.«
Nach Stunden der Schlaflosigkeit setzte Daniel Dodo sich an den Computer und lud sich »Untergang« auf die Festplatte, das komplizierteste und spannendste Computerspiel, das zur

Zeit auf dem Markt war. Für eine Weile wollte er an Tony Martin und Pfeiffer und die »Vorhut« nicht mehr denken. Welchen Sinn hatte das Leben für einen genialen Juristen noch, wenn Leute wie Frederik Pfeiffer die Gesetze machten?

Jenseits

Irgend etwas Ungewöhnliches war mit den Zuschauern der Tony Martin-Sendungen los. Ihre Reaktionen ließen sich auf einmal nicht mehr berechnen und nicht mehr beeinflussen. Plötzlich herrschte Chaos. Dieselben Leute schienen Tony Martin einmal so und einmal so sehen zu wollen. Neue Zuschauer kamen dazu, von denen überhaupt nicht klar wurde, was sie von Tony Martin erwarteten. Die Kommunikation zwischen dem Talker und seinen Fans verlor sozusagen die Richtung. Wies nirgendwo mehr hin als auf sich selbst. Und über Nacht entstand ein neuer Tony Martin, der am liebsten Nonsens von sich gab. Das Prinzip der Selbstverstärkung, die Tony Martins Sendungen so wirkungsvoll machte, gipfelte in blühendem Blödsinn.

Bis zu einem gewissen Grad gibt es diese Dynamik auch beim menschlichen Talker aus Fleisch und Blut: Wenn ein Komiker sich verspricht, Unsinn von sich gibt und dafür Lachen und Applaus erntet, so wird er diesen Versprecher beim nächsten Auftritt absichtlich bringen und ihn fortan als Gag in seine Nummer einbauen.
Statt »Wein nicht mehr, wenn der Regen fällt, Damdam, Damdam.« sagt er zum Beispiel: »Wein muß her, wenn der Regen fällt, Damdam, Damdam.« Das kann er nun beliebig abwandeln: »Wein muß her, wenn die Sonne lacht« und »Wein muß her, wenn der Donner kracht«. Schon ist ein Running Gag geboren.
Nehmen wir an, dieser Talker verfügt bereits über einen anderen Running Gag: die »Uhuzzis«. Das sind, sagen wir, kleine

Außerirdische, die sich gern zerkichern, die wegen ihrer Gutmütigkeit und Harmlosigkeit aber ständig vom Rest der Welt bedroht sind. Nun muß der Komiker seinen üblichen Spruch: «Retten wir die Uhuzzis« nur noch erweitern zu: »Retten wir die Uhuzzis vor ihren versoffenen Feinden, den Damdams!« Und schon ist der Grundstein gelegt für ein dramatisches, ausbaufähiges Mikro-Universum...
Als nächstes entsteht ein Uhuzzi-Fanklub, Jean Paul Gallier und Ronia Zykiel entwerfen Strickanzüge für die kleinen Sympathieträger. Die Firma Brumberry kontert mit Trenchcoats für die Damdams. Solche Phänomene entwickeln sich rasch in unserer sinnsuchenden Gesellschaft.

Nonsens-Tony wurde über Nacht zum »Muß«. Man mußte ihn einfach gesehen haben. Was heißt: gesehen haben! Man mußte jede Sendung verfolgen und ihn zu neuen Steigerungen jagen!
Wer sich von dieser Entwicklung nicht begeistert zeigte, war naturgemäß Frederick Pfeiffer. Zu viel Applaus für den Falschen, fand Pfeiffer. Und wie konnte es überhaupt so weit kommen, daß der eine Tony Martin sich vom Tony Martin am anderen Ende des Spektrums so grundlegend unterschied wie der Tag von der Nacht? Das sah ja fast so aus, als sei der Talker Schizo!

Nun zur Auflösung unserer letzten Rätselfrage. Sie lautete: Wann ist der Satz: »Der Mond besteht aus grünem Käse« ein wahrer Satz? Richtige Antwort: Der Satz »Der Mond besteht aus grünem Käse« ist dann, und nur dann, ein wahrer Satz, wenn der Mond aus grünem Käse besteht. Aus den nur allzu spärlichen Einsendungen mit der korrekten Antwort wurde Lubomil Tarski gezogen, der es sich dafür ersparen darf, meine nächste Sendung anzusehen.

Erwähnen will ich aber auch die lyrische Lösung einer gewissen Phöbe Fröbe. Sie schreibt:
»Drei Schnitzeljäger jagten
durch düstre kalte Nacht,
doch konnten sie nichts finden
als bleichen Mondes Pracht.
Das ist der Mond, der eine ruft,
der zweite sagt: Papperlapapp!
Der dritte ruft: ein Käse ist's,
und die Hälfte davon ist ab.«
Wunderschön gedichtet, liebe Phöbe Fröbe, ich hoffe, du hast nicht abgeschrieben. Deine Musikwünsche lauteten: ›Star Dust‹ von Nat King Cole ODER ›Catch a Falling Star‹ von Perry Como ODER ›Moon Shadow‹ von Cat Stevens. ZAUBERHAFT! Die Mehrzahl unserer Zuschauer wünscht sich allerdings ›Lady Sunshine und Mister Moon‹ von Conny und Peter, wer immer das sein mag. Pech gehabt, Phöbe. Weiterdichten.

Pfeiffer zog einen Kommunikations-Psychologen heran, der folgende Verlaufsdiagnose erstellte: Die Situation mußte sich deshalb so absurd zuspitzen, weil Tony Martin Väter und Mütter hatte, die von Anfang an nicht am gleichen Strang zogen, die sich vielmehr um zwei starke Zentren sammelten und schließlich polarisierten, um nicht zu sagen, in feindliche Lager spalteten: Dominiert wurden diese Lager von Olympia Lory auf der einen und Otto Weck auf der anderen Seite. Otto Weck war ein fanatischer Fundamentalist: Alles, was der Talker sagte, hatte im Dienst der »Vorhut« zu stehen. Olympia Lory dagegen nahm – wie sich nun zeigte – die Bewegung überhaupt nicht ernst.

Komiker der Woche sind dieses Mal die älteren Zwillingsbrüder und -schwestern. Jeder jüngere Zwilling weiß, wovon ich rede. Schon vor der Geburt sind die älteren Zwillinge euch auf die Zehen getreten, und heute benehmen sie sich immer noch unverschämt. Schnappen euch die Freundin weg und den Job, und wenn sie lang leben, müssen eure Kinder ihre Pensionen zahlen.

Fort mit den Älteren! ist unser Motto. Das gilt auch und in erster Linie für den älteren Zwilling! Ältere Zwillinge sind schuld an diesem und jenem, vor allem aber daran, daß die Preise für Doppelpackungen ständig steigen!

Vor den Redaktions-Beirat zitiert und mit dem Unernst ihrer Drehbücher konfrontiert, versuchte Olympia sich zu rechtfertigen: Ihre Anweisungen hätten sich nicht darauf erstreckt, die Texte ihres Tonys mit den Texten des fundamental-radikalen Tonys abzustimmen; eine solche Verpflichtung fände sich nirgends in ihrem Vertrag. Diese Verteidigung stand jedoch auf schwachen Füßen, und Olympia wußte, daß ihre Tage in der Fernsehproduktion nun gezählt waren. Ihr Tony war immer schon verspielt gewesen, aber jetzt war er dazu übergegangen, sich selbst und zugleich die »Vorhut« durch den Kakao zu ziehen und damit unaufhaltsam zu demontieren. Es war Nonsens-Tony schlechterdings unmöglich, etwas anderes zu tun. Begeisterte Zuseher zwangen ihn dazu.

»Wie konnte diese Kreatur entstehen!« herrschte Pfeiffer das Redaktionsteam an, »Und vor allem, wie konnte sie solche hohen Werte erzielen?« Das Redaktionsteam blickte ratlos, traurig und vorwurfsvoll auf Olympia Lory. Otto Wecks Blick war – um im »Wundertüten«-Jargon zu bleiben – eher eisig durchbohrend.

Olympia zuckte die Schultern, sie konnte es sich selbst nicht erklären, warum ihr Talker über Nacht erfolgreicher war als der Giftzahn von Otto Weck.
»Vielleicht kosmische Einflüsse«, sagte sie spöttisch. Bei sich aber dachte Olympia: »Ich hab' immer gewußt, daß du siegen wirst, Baby«.

Tatsächlich waren die neuen Tony Martin Bücher nicht unschuldig am Umschwung.
Atemlos, wie ein beklemmtes Brötchen, lag das Messer in Rudis Hand.
»Gib den Melf«, schrie Ulla, »gib sofort den Melf«, worauf Harun sich vor Grauen schüttelte.
Das Grab der Mumie gähnte sie an und zeigte die nassen Socken.
Die dichte Laune dieses Planeten war atemberaubend.
»Barbern? So spät? Und wenn, dann warum?« wisperte Lorenzo mit seiner ganzen Gänsehaut. Und da hörte ihn dann auch endlich der Waldi.
Diese wahrhaft kollektiv entstandenen Texte, bei denen Zufallsgenerator, Textbausteine und Plotter in trauter Gemeinschaft Unsinn produzierten, waren ebenfalls Kultbücher geworden und wurden neuerdings selbst von den Mitarbeitern der »Wundertüte« begeistert verschlungen. Einzelne zusammenhangslose Sätze, wie »*Er zog sofort seinen Flunsch und richtete ihn auf den Gegner*« wurden zu geflügelten Worten.
Mit gezogenem Flunsch rief er: Hände hoch!
In letzter Sekunde konnte Martha ihren Flunsch ziehen...
Da die automatisierte Buchherstellung viel Spielraum ließ, begannen die Mitarbeiter gegnerische Mannschaften zu bilden und sich zu beflunschen. Schließlich wurden sie grenzenlos erfinderisch, packten Weichkäse zu T.M.-Büchern und bewarben

sie mit dem Slogan: »Der neue Tony Martin! Je rascher du ihn bestellst, desto weniger stinkt er!«

Doch Selbstverstärkung erklärte genauso wenig das Phänomen des neuen Talker-Stars wie Selbstzeugung die Entstehung des Lebens aus dem Nichts. Teils aus Spiellaune, teils aus sportlichem Ehrgeiz (wenn jemand Tony Martin besiegen kann, dann nur Tony Martin) hatten Stella und Terry sich damit vergnügt, kleine Demos zu basteln und sie in den Cyberspace zu schicken. Darin outete Tony Martin sich als multiple Persönlichkeit, gewissermaßen als »Dr. Jekyll«, und flehte darum, man möge ihn von seinem »Hyde«, seiner dunklen Seite, die in den Fängen der »Vorhut« zappelte, erlösen. Die Internet Gemeinschaft, insbesondere das Forum von Amnesty International für die Befreiung politischer Gefangener, übernahm den Fall und empfahl ihren Mitgliedern, sich regelmäßig die Tony Martin Shows anzusehen und entsprechend zu beeinflussen.
Sagte der Talker in der MicMac Show etwas, das auch nur im entferntesten zweideutig klang –
Komm zur Vorhut, und der Abschaum sind auf einmal die anderen –
so drückten Tausende »okey dokey« wie wild. Die Folge: Olympias Tony wurde immer frecher:
Und nun unser Witz der Woche. Wißt ihr, Fans, warum die Zahl der Patienten in den Pflegeheimen rasch sinkt? Die Mitglieder der Vorhut gehen neuerdings alle zum Zivildienst!

Schließlich war Schräg-Tony eine ultimative Kultfigur selbst bei jenen, die sich vorher niemals eine MicMac Show reingezogen hatten. Und das waren viele.
Ich stelle fest, daß meine Sendungen und damit diese wundervolle Organisation, deren Namen ihr ja alle wißt, auf einmal

unerhört bekannt und interessant geworden sind. Jeder will dabei sein, aber Fans, ich habe eine traurige Wahrheit für euch. Laßt es mich ›Die Traurige Wahrheit der Woche‹ nennen:
Die ›Vorhut‹ nimmt nicht jedermann und jede Dirn,
Bevorzugt werden Leute ohne Hirn.

Wenn sie mich schon kündigen, dann sollen sie wenigstens einen Grund dazu haben, hatte Olympia Lory entschieden.

Daniel Dodo merkte von alledem nichts. Nach einigen Jump-and-Run-Übungen auf der untersten Ebene des Cyberpunk-Spiels hatte er eine Dimensionsbarriere durchstoßen und war im höllischen System gelandet, wo er als Artar, der Befreier, gegen teuflische Androiden kämpfte und einen Code suchen mußte, der den Satansspuk lahmlegte.
Nach drei Tagen war es ihm gelungen, Raum und Zeit zu vergessen, als auf einmal die anderen in seine Suite eindrangen.
»Dodo, ich glaube, wir haben ein Problem«, sagte Lilli.
»Olympia dürfte irgendwie dahintergekommen sein, daß in den Wundertüten-Büchern neuerdings der nackte Nonsens steht«, sagte Stella.
»Es ist nichts so fein gesponnen, es kommt dennoch an die Sonnen«, brummte Dodo abwesend. Vor sich auf dem Bildschirm sah er die verschlossene Tür zu allen Geheimnissen, und es blieben ihm nur noch vierundzwanzig Stunden, um zum tiefsten Schlund der Hölle vorzudringen, wo Satan auf ihn wartete.
»Ich habe auch ein Problem«, erklärte er. »Ich weiß im Augenblick nicht: bin ich wirklich Artar, der Befreier, oder tarne ich mich nur, und bin in Wahrheit ein höllischer Agent, der nach einer Gehirnwäsche so tut, als wäre er Artar. Es ist eine außerordentlich spannende Situation.«

Frederick Pfeiffer entließ Olympia Lory nicht sofort. Ihr Tony Martin war zu destruktiv geworden, um als harmloser Unsinn abgetan zu werden. Möglich, daß mehr dahintersteckte als die Laune einer überspannten Kreativen; es konnte bedeuten, daß jemand ihn fertigmachen wollte. Pfeiffer entschied also, daß es klüger war, Olympia Lory einige Tage beobachten zu lassen. Er gab Anweisungen, für ihre Beschattung einen absolut ergebenen, verläßlichen und verschwiegenen Mitarbeiter aus dem Inner Circle der »Vorhut« auszuwählen. Die Wahl traf Fredy Goll. Fredy Goll verehrte Tony Martin immer noch blind. Blinder als die meisten. Was andere im Inner Circle längst wußten, ohne daß es sie im mindesten kratzte, daß nämlich Tony Martin eine Kunstfigur war, hatte Fredy bis zu diesem Tag nicht erkannt oder nicht wahrhaben wollen.

Als er nunmehr den Beschattungsauftrag erhielt und zu diesem Zweck über die Hintergründe des Falles informiert wurde, sah Fredy sich jählings und brutal mit einer unfaßbaren Wahrheit konfrontiert: Tony Martin war nur das Produkt eines Kreativ-Teams, in dem ein guter Mann (Otto Weck) die gewünschten Texte verfaßte und eine böse Frau (Olympia Lory) den Talker für nichtsnutzige Lästerungen mißbrauchte. Es warf Fredy fast um. Seine Welt drohte zusammenzubrechen. Um nicht völlig durchzudrehen, verdrängte er alles, was er erfahren hatte bis auf das eine: Olympia Lory hatte Tony Martin verraten und verkauft. Es bedeutete: Tod für Olympia Lory.

»Unsere Lage ist derzeit ebenfalls recht spannend«, sagte Stella, »Es ist durchaus möglich, daß Tony Martin den Kampf gegen den anderen Tony Martin oder die anderen Tony Martins gewinnt.«

»Nicht, solange Pfeiffer die Fäden zieht«, sagte Terry. »Eher setzt er Tony Martin ab. Als Ganzes.«

»Das wäre eine Katastrophe!« jammerte Lilli, »Ich hab' mein Feature fast fertig! Wenn es Tony Martin nicht mehr gibt, kann ich mir seine tragische Geschichte in die Haare schmieren.«
»O.k., ihr habt ein Problem,« sagte Dodo. »Mein Problem ist, daß sich die Mächte der Finsternis gerade zum ultimativen Endkampf rüsten.«
»Davon reden wir die ganze Zeit«, schrie Lilli, »geht das nicht in deinen verdammten dicken Schädel? Sie versetzte ihm einen zornigen Hieb über den Kopf und brachte es zuwege, daß Daniel Dodo den Blick vom Bildschirm nahm und sie entgeistert anstarrte. »Für dein Feature gehst du wirklich über Leichen«, sagte er.
»Ja, ja, ja!« schrie Lilli.
In diesem Augenblick schrillte ein Summer, und Olympias Gesicht erschien auf dem Monitor und verdeckte das Tor zur Hölle.
»Raschest zu mir ins Büro«, befahl sie. Und schon schoben sich alle Aidans herein, wie um der Aufforderung ihrer Chefin Nachdruck zu verleihen. Zwitscherten: »It's wonderful, it's marvellous –«
»Ich glaube nicht, daß es so wunderbar werden wird«, sagte Lilli beklommen.
»Sieht so aus, als sei sie hinter den Trick mit dem Zufallsgenerator gekommen«, mutmaßte Stella. »Vielleicht hat sie sogar die Tony Martin-Demos im World Wide Web entdeckt –«
Die Miene der Verlagsleiterin war undurchdringlich, als sie die vier Freunde mit der Feststellung überraschte, daß alle schönen Dinge einmal ein Ende hätten.
»So fangen Kündigungsgespräche an«, flüsterte die erfahrene Terry. Laut aber sagte sie: »Sie wollen uns die Freiheit schenken, stimmt's?«

»Ich weiß nicht, wie lang es die Wundertüte überhaupt noch geben wird«, entgegnete Olympia kühl, »aber eines weiß ich: Dieser prolongierte Karneval, mit Tony Martin Büchern als Käsepackungen und Helden und Heldinnen, die Ana Konda und Omni Potent heißen, ist nun vorbei. Und in der Tat erscheint es im Augenblick am besten, wenn wir uns einvernehmlich trennen –«

Ihr Arbeitsverhältnis – ihr Asyl, ihre Sicherheitsverwahrung, wie immer man es nennen wollte – hatte zwei Wochen gedauert.

Terry fragte sich flüchtig, ob sie wohl das Piano behalten durfte, Lilli dachte an ihre Mozart CDs, und Stella beruhigte sich damit, daß außer ihm wohl niemand Verwendung für Chantel-Pyjamas in Größe 58 haben dürfte, und er sie somit behalten konnte.

»– andererseits weiß niemand, was der nächste Morgen bringen wird«, schloß Olympia höflich.

Ein lautes Krachen, das Bersten von Glas und Holz und der Knall von Schüssen machten sie endlich darauf aufmerksam, daß jemand gewaltsam eingedrungen war.

Vor ihnen stand Fredy Goll und wedelte mit einer rauchenden Bazooka vor ihren Nasen. »Rache für Tony Martin!« schrie er.

Olympia starrte ihn entgeistert an. »Für welchen?«

Fredys Züge entgleisten in tiefem Schmerz.

(*Nun zog er auch noch den Flunsch.*)

»Für den echten Tony Martin« stieß er hervor, »Sie haben ihn umgebracht!«

In seinem Gram merkte Fredy nicht, daß Stella sich hinter ihn geschoben hatte; ein Schlag auf die richtige Stelle, und der ultimative Tony Martin Fan war ausgeschaltet.

Nun, da die Gefahr abgewandt war, kamen die Aidans angehampelt – außer sich, daß Fredys Eindringen ihrer Wachsamkeit entgangen war. In ihrer Erregung summten sie »I've got rhythm – I've got music« mit überhöhter Geschwindigkeit. Auf Olympias Anweisung – Material gab es ja im Haus zur Genüge – verpackten sie Fredy mit Klebebändern zu einem Kokon.

Olympia schlug vor, ihre Errettung zu feiern, und orderte Champagner, Cola und Saft. Daniel Dodo putzte verlegen seine Brillen und fragte sich, wer er war, wo er war und wie er dorthin gekommen war. Und was war mit Artan geschehen?
»Game Hangover!« sagte Stella verständnisvoll.

»Glauben Sie, daß Pfeiffer den Killer geschickt hat?« fragte Lilli.
»Möglich«, sagte Olympia und runzelte die Stirn, »Pfeiffer macht mir den Vorwurf, daß mein Tony Martin sich verselbständigt hat. Was natürlich absurd ist, denn der Tony Martin von Otto Weck hat sich schon längst verselbständigt, dem hat er das aber nie vorgeworfen, denn es war ganz in seinem Sinn. Während meiner, der war ja nur ein Alibi-Tony, eine Augenauswischerei – ha!«
»Sie sprechen wie eine Mutter«, sagte Terry sanft.
»Ja, eine Mutter, die jahrelang zusehen muß, wie ihr Kind von einem anderen verhunzt wird.«
»Sie wissen, daß ich eine Enthüllungsgeschichte über Tony Martin plane. Würden Sie mir für ein Interview zur Verfügung stehen?« fragte Lilli.
»Und öffentlich bekennen, daß ich mich für Pfeiffers Pläne hergegeben habe? Ich denke nicht daran!«
»Nein, nein! Ich stelle mir Ihre Rolle in meinem Feature ganz anders vor: Ich präsentiere Sie als die Mutter einer neuen Kultfigur, eines neuen Tony Martin.«
»Eine der Mütter«, sagte Olympia auf einmal bescheiden.

»Vergeßt nicht den Zufallsgenerator und die Demos im Netz und das Feedback der Fangemeinde –«
Eine Weile saß die Verlegerin still und nachdenklich da und ließ sich die Option durch den Kopf gehen. Wenn Pfeiffer sie feuerte, dann blieb ihr nicht viel. Noch dazu, wenn Pfeiffer alles mobilisierte, um den neuen Tony auszuschalten und jede Erinnerung an ihn zu unterdrücken. Schon hatte er Befehl gegeben, die Buchproduktion vorläufig einzustellen. Die Verliererin blieb sie. Nein, Lilli Lobster hatte recht. Die einzige Chance, im Geschäft zu bleiben, war, mit der ganzen Geschichte an die Öffentlichkeit zu gehen.
»Na gut, machen wir ein schönes Interview!« sagte sie.
Lilli Lobster freute sich. »Und als nächstes kommt ein Interview mit dem Echt-Tony in ›Wipfelruh‹! Könnt ihr euch das vorstellen: eine Konfrontation von Echt- und Digital-Tony!«
»Falls er dabei keinen Herzschlag kriegt –« Olympia begann sich für das Feature zu erwärmen.

»Was wird mit dem Fan hier?« fragte Stella.
»Den schicken wir zu Pfeiffer zurück!«
»Ich habe eine bessere Idee«, sagte Lilli, ganz die rasende Reporterin. »Ich mache auch mit diesem Typen ein Interview. Wir zeigen ihn nicht an, und dafür wird er uns ein bißchen was über die ›Vorhut‹ erzählen –«
»Wir enttarnen die ›Vorhut‹!« rief die Verlagsleiterin, nunmehr Feuer und Flamme. »Wir zeigen, wie die Organisation funktioniert, wie die Kids hineingesteuert werden, wie man ihnen Mordinstrumente in die Hand drückt –«
Auch Olympia Lory schien auf einmal Rache für Tony Martin nehmen zu wollen, für einen anderen Tony Martin allerdings.
»Bestimmt wird das Feature ein Hit«, sagte Daniel Dodo. »Und in irgendeinem unabhängigen Kanal bringt ihr es schon

unter. Aber ob das genügt, die »Vorhut« anzukratzen? Oder Pfeiffer? Nachdem der Realitätsparagraph den Bach hinuntergegangen ist, haben wir mit dem Talker keine Handhabe mehr gegen ihn. Und bei Volksverhetzung ist es schwierig, den Tatbestand zu beweisen. Ein Rechtsanwalt könnte z.B. anführen, daß weder Redaktion, noch Sender belangbar sind, weil der Zuseher sich selbst dafür entscheidet, was er zu sehen und zu hören bekommt. Gerade bei selbstverstärkenden Feedback-Programmen ist es die Frage, was vom Sender kommt und was vom Empfänger – ja, wer denn hier überhaupt Sender und wer Empfänger ist. Ein gefinkelter Jurist könnte mit Hilfe eines Psychologen auch den gesamten Sendeverlauf als reine Projektion abtun. Immerhin interessant, sich einmal damit zu befassen –«

Und so nahm alles wieder seinen gewohnten Gang – für Dodo. Für die anderen wurde das Tony Martin-Feature zum ultimativen Event, zum Mega Hype.

Luise Lobster erhielt einen Anruf ihrer Tochter, Lilli erklärte ihre lange Abwesenheit damit, daß sie in einer Anstalt festgehalten, dann entführt worden und schließlich bei einem Überfall knapp dem Tod entronnen sei.

Luise Lobster erwiderte, daß Lilli sich das alles nur einbildete.

»Möglich«, sagte Lilli friedfertig, »Schalte doch morgen Kanal Sieben ein«.

Dann rief Lilli ihren Vater an und deponierte in seiner Mailbox die Message, daß Albert Lobster sich die Familienbeihilfe sonstwo hinstecken konnte.

Schließlich informierte sie die Zwillinge über die bevorstehende Sendung »Was geschah wirklich mit Tony Martin« und bot ihnen sogar ein Autogramm an.

»Von Tony Martin? Haben wir längst!« sagte Boris.

»Von mir, Brüderchen, von mir!« Lilli Lobster lachte. Ein Prickeln in ihren Fingerspitzen sagte ihr, daß sie bald berühmt sein würde.

Und ihre Erwartungen trogen sie nicht. Während Pfeiffers Mannen alle Hände voll zu tun hatten, um die Größe und die Bedeutung der »Vorhut« herunterzuspielen und vor allem jeden Zusammenhang mit bewaffneten Jugendbanden und Killerbienen abzustreiten, während Terry und Stella wieder von Rave zu Rave zogen und in der tanzenden wogenden Menge badeten, während Daniel Dodo durch den Cyberspace surfte, an Datenbänken andockte und nach juristischen Fallen für Pfeiffer suchte, war Lilli schon mit den Begleiterscheinungen des Ruhms beschäftigt: Anfragen nach weiteren Features, Aufträge für die Übernahme weiterer kniffliger Fälle, Bitten um Lösung weiterer alter Geheimnisse. Hätte Lilli auch nur die mindeste Lust auf Reisen und Abenteuer gehabt, man hätte ihr sofort eine neue Suchexpedition nach dem Yeti finanziert. Wenn es jemandem zuzutrauen war, den Yeti aufzuspüren, dann ihr. Die Star-Detektivin Lilli Lobster war selbst eine Kultfigur geworden, und schließlich durfte sie es erleben, daß Boris und Meadows um ihr Autogramm flehten.
An diesem Punkt machte Olympia Lory ihr den bizarren Vorschlag, sich ebenfalls digitalisieren und senden zu lassen. Das Outing des digitalisierten Tony Martin und auch der Erlaß freizügiger Trade Mark-Gesetze hatten einen Damm gebrochen. Jede mittlere Fernsehpersönlichkeit bekam ein digitales Double, das scherzte und herumalberte. Ein Video zeigte den digitalen Frederick Pfeiffer, der einen kleinen Tony Martin als Bauchredner Puppe auf dem Schoß hielt und mit ihm ein Duett sang –
Ich sag' gute Nacht

And I say good night
Schon leuchtet ein Stern
Yes, I can see the light
Die Sonne geht schlafen
Der Tag geht vorbei
When Uncle Pfeiffer sings his Lullaby…
Es wurde sofort Nummer Eins in den Video-Charts.

Also ließ auch Lilli sich verdoppeln, und es war ein eigenartiges Gefühl für sie, nun selbst einen Zwilling zu haben; ihre Real-Nase war allerdings wohlgeformter als ihre virtuelle, fand sie; und sie kam sich nun ein bißchen wie ein Muppet vor, wenn sie in den Spiegel guckte.

Selbst der echte, der Ur-Tony Martin hatte sich in der Zwischenzeit mit seinem junggebliebenen Phantom abgefunden, was eigentlich nicht verwunderlich war, verschaffte es ihm doch die späte, unerwartete Chance eines Comebacks. Alle die Jugendfanatiker und Altenhasser fuhren auf einmal auf den alten, faltigen Tony Martin ab. »Alt aber echt« war nun die Devise. Ur-Tony sonnte sich wieder in seinem Glanz und bot Olympia an, neue Bücher zu schreiben.
Olympia schauderte es, aber sie wollte ihn nicht vor den Kopf stoßen, umso weniger, als die Vermögensverhältnisse der »Wundertüte« erst geklärt werden mußten. Wenn sie Pech hatte, so mußten an den Ur-Tony gigantische Summen ausbezahlt werden. Olympia Lory beauftragte Daniel Dodo, sich damit zu befassen.

Wieder nach Hause zurückgekehrt, arbeitete Daniel Dodo Tag und Nacht, er war mit all den interessanten und neuartigen Aspekten seiner Fälle so beschäftigt, daß er nur ein Zehntel der gewohnten Menge Fritten zu sich nahm. Als er sich nach längerer Zeit wieder bei den anderen meldete und mitteilte, er hätte eine Möglichkeit gefunden, rechtliche Schritte gegen Pfeiffer zu unternehmen, wurde das allgemein als Anlaß betrachtet, einander wieder zu treffen und das glückliche Ende dieses Abenteuers zu feiern. Olympia lud sie zu sich in die »Wundertüte«. Man beglückwünschte Dodo und machte ihm Komplimente über sein äußeres Erscheinungsbild. Um einen Viertelzentner schlanker, sah er nunmehr richtig attraktiv aus.

»Es gibt also wirklich eine Handhabe, um gegen Frederick Pfeiffer vorzugehen?«

»Und was für eine!« sagte Daniel Dodo tief zufrieden. »Dagegen hat kein Anwalt eine Chance! Die Anklage hält eisern!«

»Erzähl schon!«

»Mein Problem war, wenn ihr euch erinnert, daß die Gesetzgeber überein kamen, keine Realitätsklausel einzuführen. Und zwar weltweit. Realität und Animation können hemmungslos vermischt werden. Aber – und jetzt spitzt die Ohren: Es gibt einen einzigen Staat, der sich dieser weltweiten Übereinkunft nicht anschließen will, ein kleines arabisches Emirat namens Jumei.«

»Nie gehört!«

»Jumei ist nicht viel mehr als eine größere Oase, aber es verfügt über staatliche und rechtliche Hoheit. Animation als Realität auszugeben – im Film, im Fernsehen, im Cyberspace – in welchem Medium immer – ist dort bei Todesstrafe verboten.«

»Klingt toll«, sagte Olympia, »aber soviel ich weiß, ist Tony Martin im arabischen Fernsehen nie gezeigt worden –«

»Und was ist mit dem Internet?«

»Moment –« rief Stella, »Ich glaube –«

»Ja, ja«, sagte Daniel Dodo glücklich. »Das World Wide Web. Tony Martin wurde über die ganze Welt geschickt. Und es gibt zahlreiche Präzedenzfälle: Das Ehepaar Thomas konnte 1994 wegen Verbreitung von Pornografie angeklagt werden, obwohl das Senden von Pornos in ihrem Staat nicht strafbar war. Über Internet konnte man sich ihre Pornos aber auch in Memphis in den Computer laden, und in Tennessee ist Pornografie strafbar. Und solche Fälle gab es Dutzende.«

»Das heißt, ein Gericht in Jumei kann Pfeiffer verurteilen.«

»Allerdings. Zu Todesstrafe bei Betreten des Landes, oder zu einer hohen Geldstrafe, die zu transferieren ist. Tatsächlich betreibt Jumei dieses Geschäft schon seit einiger Zeit höchst erfolgreich. Es ist die Quelle seines immensen Reichtums.

»Ach, Dodo –« seufzte Olympia und blickte auf einmal sehr betreten drein.

»Oje, mir schwant etwas,« seufzte nun auch Terry. Einzig Lilli hatte noch nichts begriffen.

»Ich habe also Anzeige gegen Pfeiffer erstattet, und diese Verurteilung wird ihn bluten lassen – sehr sehr bluten lassen...«

»Dodo –« sagte Terry. »Es tut mir so leid, deinen Triumph zu schmälern, und wir freuen uns alle riesig, daß es Pfeiffer an den Kragen geht –«

»Milliarden wird er zahlen müssen«, jubelte Dodo, »denn die Strafe bemißt sich nach Sendeminuten!«

»Ein echter Trost wird das für uns sein«, sagte Olympia ernst – aber es schwang auch eine Spur von Amüsiertheit in ihrer Stimme, »wenn wir selbst bluten müssen –«

»Ihr?«

»Pfeiffers Produktionsgesellschaft war nicht die einzige, die digitale Monster in den Äther sandte – auch wir haben Tony ins Internet geschickt –«

»Ja, aber doch anonymisiert –«

»Das schon – damals – aber wir haben seit einiger Zeit eine

eigene Produktion, und die sendet nicht nur den neuen Tony Martin, sondern auch eine digitale Lilli Lobster –«

»Nach Jumei?« rief Lilli entsetzt –

»Nach Jumei«, bestätigte Stella traurig. »Vielleicht wäre es den jumeinischen Behörden ja entgangen, aber deine Anzeige Dodo –«

Dodo starrte Lilli an. Lilli starrte ihn an.

»Ich bin wieder arm!« flüsterte sie, und Tränen stiegen in ihre Augen.

Dodo schluckte. Wenn er etwas nicht sehen konnte, dann eine weinende Lilli.

»Aber ich bin jetzt reich«, sagte er. »Ich bin im Verfahren Jumei gegen Pfeiffer ihr Vertreter. Rechtsanwälte wiegen sie in Jumei mit Gold auf.«

Lilli lächelte unter Tränen. »Dann sieh zu, daß du wieder ein bißchen dicker wirst, Dodo!«

»Ich liebe dich, Lilli«, sagte Dodo. »Und für dein Katzenfutter wird das Geld immer reichen.«

Die Aidans brachten Cola, Saft und Champagner und summten: »One day he comes along, the man I love...«